MW00916229

PERDIDOS EN FROG

JM Soto

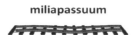

miliapassuum

Perdidos en Frog.
© Jesús Miguel Soto, 2012.
Segunda edición, 2016.
Todos los derechos reservados.

miliapassuum.libros@gmail.com

ISBN: 978-1537744070

ÍNDICE

EL PRÓLOGO

El presente libro no es un volumen de quince relatos, sino quince volúmenes de un relato cada uno.

A pesar de esta rigurosa observación, no resulta despreciable que los textos aquí contenidos sean leídos como dos volúmenes de siete relatos y medio cada uno. Asimismo (y esta opción no excluye la simultaneidad de las otras dos alternativas) el libro se puede leer como cuatro volúmenes de relatos compuestos de la siguiente manera: un primer volumen de cinco relatos, un segundo volumen de un único relato, un tercer volumen de cinco relatos y un cuarto volumen de tres relatos. Así, sin embargo, faltaría un relato, por lo que esta clasificación puede resultar parcial, aunque no por ello errónea.

Para orientar al lector en la construcción de su propio sistema clasificatorio que valide (o anule) las propuestas taxonómicas referidas, ofrecemos algunos criterios bastante explícitos bajo los cuales se pueden agrupar el conjunto de textos aquí presentados: cuentos que empiezan con el artículo El, cuentos con títulos numéricos, cuentos cuya trama principal pareciera no ser Esparta, cuentos de gente perdida, cuentos de gente ahorcada, cuentos para leer desde el exilio, cuentos meramente geográficos, cuentos no gratos para licenciados en literatura, cuentos ocurridos en horas de la noche, cuentos en racimos, cuentos de finales sigilosos.

De más está decir que el lector puede ampliar las clasificaciones a su gusto, e incluso puede elegir no pasar de esta página para así regodearse en el placer de las incógnitas que jamás habrán de resolverse.

UNO DE MUCHOS POSIBLES ATAJOS

Han pasado quince años y aún sigo viviendo en el mismo apartamento, rodeado más o menos del mismo mobiliario, de los mismos olores y texturas que perduran a pesar de las capas de pintura, polvo y grasa que se van superponiendo en las paredes, de la misma forma en que se acumulan las muchas o pocas historias que vamos siendo y que vamos dejando atrás. En cuanto al edificio es permisible afirmar que parece más cansado, con grietas que lo surcan como arrugas, y casi podría aventurar –pero mejor no– que una incipiente joroba comienza a abombar su lomo de concreto. El antiguo jardín, antes poblado de invisibles grillos y pausadas arañas, no es ahora más que una pequeña porción de tierra salpicada con botellas de cerveza descoloridas y restos de carbones marchitos.

A pesar de todo el tiempo que ha pasado, todavía no me atrevo a botar la basura por el bajante que queda en el pasillo. Prefiero dejarla acumular lo suficiente, a veces hasta tres semanas, y sólo cuando tengo cinco bolsas grandes es que bajo las escaleras hasta los contendores ubicados en la avenida y allí las abandono. Dayana, aunque sabe la historia o fragmentos de la historia o la versión que yo le conté de la historia, siempre se queja de mi mala maña de acumular la basura dentro del apartamento en vez de ir a tirarla por el bajante como lo hacen el resto de los vecinos.

A veces, aunque cada vez con menos frecuencia, me despierto escuchando la voz de Julio que nos llama; no dice ningún nombre en específico pero sabemos que nos llama a nosotros. No es un grito, ni tampoco un susurro, sino su voz en un tono apacible, como quien pregunta la hora a un desconocido.

Recuerdo de Julio que sus padres siempre peleaban por cualquier motivo; el más recurrente era que supuestamente su papá gastaba gran parte de su sueldo en vacas. En ese entonces yo no entendía lo que eran las vacas a pesar de que Gustavo, el mayor de todos, nos explicaba que las vacas eran las putas que se podían conseguir en algunos edificios de la avenida Urdaneta; y aunque la mamá de Julio las llamaba vacas en alusión a sus blandas ubres largas y a sus cuatro estómagos, Gustavo aseguraba que no todas eran así.

A la mamá de Julio la evoco como la señora más bella del edificio, así que no entendíamos cómo era que el papá de Julio prefería irse de pastoreo con unas vacas fofas. No era una señora como las demás señoras (las de la junta parroquial, las de la asociación de vecinos y las amigas de la iglesia); tenía 25 años en ese entonces y para nosotros, niños entre nueve y once años, era una mujer inaccesible. Lo que más recuerdo es su boca pintada de rojo brillante y su cabellera ensortijada, casi siempre húmeda. Fumaba tanto que inevitablemente la rememoro envuelta en una tenue nube gris. Me encantaba verla en sandalias aunque no sé qué era lo que me gustaba de sus pies o si es que acaso me gustaban; quizá era el deseo satisfecho de ver más piel desnuda. Una vez en su casa me robé a escondidas una colilla de un cigarrillo que ella se había fumado, estaba empapada del rojo de su pintura labial y tenía un extraño olor que fluctuaba entre aromatizador de baño y frijoles amargos. Guardé la colilla debajo de mi colchón y cada noche, durante varios meses, la sacaba de allí y la apretaba un poquito, la olía, simulaba que me la fumaba y pensaba en la buena suerte que tenía Julio, o más bien en la suerte de su padre; de nuevo no entendía por qué él iba donde las vacas, cuestión que ni siquiera comprendí años más tarde cuando yo mismo empecé a gastar mis primeros salarios en la bulliciosa Urdaneta, sin encontrar en mis incursiones ninguna mujer que tuviera la talla de su madre.

No puedo afirmar que él era un niño al que maltrataban físicamente, pero más de una vez (y un par de veces nosotros) salía perjudicado por retruque. Durante ardientes riñas, sus papás se atacaban lanzándose objetos, y en algunas contiendas Julio quedaba en medio del fuego cruzado mientras iban y venían por el aire diversos utensilios de cocina y aparatos electrodomésticos. El día más memorable de esas batallas fue cuando se rompió el televisor justo al final de la temporada de béisbol, lo cual fue para Julio una especie de duelo de varios meses.

Las peleas llegaron a tal grado de intensidad que no volvimos a reunirnos en su apartamento. De algún modo sentimos, no con estas palabras claro está, que habíamos violado su intimidad, o más bien que su intimidad nos había violado a nosotros. Así que sólo nos reuníamos a jugar con él fuera de su casa. Para mí, lo más lamentable de eso fue no ver más, al menos de cerca, los pies en sandalias de su mamá.

Julio era el más rápido, el más hábil y el más arriesgado del grupo. Es probable que yo lo odiara un poco en secreto, sobre todo porque a pesar de que era varios meses menor que yo, me molestaba que me ganara, a mí y a casi todos, en la mayoría de juegos. No obstante, nunca le demostré de manera evidente ningún tipo de animadversión, desempeñé el papel de admirarlo cuando ganaba, sin mezquindad y con la distancia apropiada de un buen perdedor.

En ocasiones yo me decía que simplemente él tenía la suerte para encestar el balón de espaldas o para dar un batazo que definiera un partido; pero un día supe que era más que suerte, o que esa palabra dejó de significar lo que había significado para mí en ese momento y se mezcló con otros vocablos más poderosos como magia o milagro.

Fue un día que subimos a la azotea. Aunque en el último piso el acceso estaba clausurado por una reja con candados, debido a nuestra talla podíamos deslizarnos entre los barrotes y burlar esa protección que la conserje había colocado. Aunque no me agradaba mucho estar allí y el solo resoplar del viento me daba vértigo, fingía que me gustaba subir; es más, me manifestaba deseoso de ir a la azotea cuando sabía que los demás estaban muy cansados y que no se harían eco de mi propuesta. Eso sí, evitaba decir eso en presencia de Julio, porque a cualquier hora él se animaba a ir hasta allá arriba.

Nuestra torre está distanciada de la contigua por escasos metros, de manera que desde la azotea basta dar un pequeño gran brinco para alcanzar la del edificio de al lado. Fue a Marlon a quien se le ocurrió la idea, pero fue Julio el único que la llevó a cabo. Sin pensar si otros lo seguirían o no, se limitó a decir "Yo primero". Se remangó la bota de los pantalones, se desanudó y volvió a anudar las trenzas, apretándolas con exageración, se volteó la gorra, se la ajustó de un modo que pareciera buscar algún tipo de efecto aerodinámico y se agachó en posición de arranque de corredor de cien metros planos para agarrar impulso. Me parecía (me sigue pareciendo) un salto imposible, no tanto por la distancia entre los dos edificios sino por el reborde que hay en cada uno, de manera que había que subir un pequeño escalón antes de dar el salto, por lo que el impulso que se hubiese tomado se vería mermado. Pero nadie dijo nada, ni siquiera una sencilla palabra de ánimo. Sólo Omar, para disimular su miedo, balbuceó en tono optimista: "El viento sopla hacia allá, eso es bueno".

Tiempo después supe que yo no era el único que tenía miedo, y que de hecho otros estuvieron aguantando las ganas de derramarse a llorar o de disolverse en orines mientras deseaban que algún adulto entrase por la puerta de la azotea y suspendiera el acto circense, y después nos mandaran castigados a nuestros cuartos para toda la eternidad.

Pero nada de eso ocurrió. Lo que sobrevino a las palabras de Omar fue la carrera veloz de Julio, no en cámara lenta, sino acelerada, tanto así que únicamente puedo recordarlo de esa forma, en tres o cinco segundos como máximo, calculo yo. Dio quince zancadas antes de posicionarse sobre el reborde y luego un salto más, tan fuerte que la gorra se le salió y revoloteó en el aire en caída libre al tiempo que sus pies tocaban el otro edificio para luego caer de palmas y codos sobre la azotea.

Aunque manifestamos (y hoy me avergüenzo de ello) que la distancia no era tanta como nos habíamos figurado antes del salto, igual a nadie se le ocurrió repetir la hazaña. Nos limitamos a dar gritos de felicitación y de ovación y a asomarnos en el borde de la azotea. Oscar, el más alto, logró estirar su brazo hasta rozar las yemas de los dedos de Julio. Los demás reconocimos a viva voz que no seríamos capaces de hacerlo, que fue tan arrecho que nadie lo creería. En ese momento pensé que ningún tipo de juego tendría sentido desde ahora, que al menos que jugásemos a la ruleta rusa o a algo similar ningún juego serviría para demostrar nada.

Me sentí estúpido por haber atribuido a la suerte los grandes logros de Julio en el pasado; en definitiva acepté todo lo de él como algo que estaba por encima de nosotros, mil veces más arriba, tan alto como un labial rojo brillante sobre una boca poblada de humo. Todo esto lo pensaba, con otras palabras y en otro orden, mientras Julio iba hacia la puerta de la azotea del otro edificio y forcejeaba con ella para abrirla. Aparentemente tenía un candado por el lado de adentro, nos explicó Julio mientras la halaba apoyando una pierna contra la pared. Cuando se dio cuenta de que era vano cualquier esfuerzo retornó hasta el borde de la azotea, donde nosotros lo esperábamos con ansias y el miedo redoblado.

A ninguno se nos ocurrió que lo más lógico sería bajar hasta planta baja, buscar al conserje de la otra torre y explicarle la situación: que había un niño en la azotea de su edificio que no podía bajar porque la puerta tenía un candado por dentro, y si el conserje no nos creía lo haríamos salir y asomarse desde abajo y decirle a Julio que saludara con la mano, pero como el sol entorpecía la visión a esa altura de ocho pisos, tendríamos que decirle al conserje que subiera a nuestra azotea para que desde allí viera que de verdad había un niño en su azotea, pero para ello teníamos que fastidiar a la conserje de nuestro edificio para que abriera con llave la reja por la que nosotros nos colábamos con cierta facilidad de lagartija pero que el otro conserje no hubiese podido franquear al menos que estuviese abierta y etc.

En fin, el hecho es que decidimos no buscar a nadie, y la solución que yo pensé y comenté y que a nadie le pareció descabellada fue que los bomberos o los militares vinieran a buscar a Julio en un helicóptero y con una escalera de sogas lo trasladaran de la azotea del otro edificio al nuestro.

Otra idea que también fue aplaudida e incluso puesta a prueba fue la de Marlon. Él propuso colocar una tabla entre ambas azoteas para así facilitar el regreso de Julio. Pero su idea quedó descartada cuando logramos colocar dos listones de madera para comunicar ambas torres, y apenas quisimos asegurarnos que estaban firmes se vinieron abajo y desaparecieron en caída libre.

Fue Julio quien tomó la decisión más lógica y más simple: devolverse tal como había llegado, así que sin pensarlo mucho volvió a tomar impulso; esta vez no lo hizo desde tan atrás porque quizá se dio cuenta de que no necesitaba tanta fuerza sino al momento de dar el salto desde el reborde. Alguien comentó que Julio no tenía ya la gorra. Como respuesta (aunque estoy seguro de que Julio no escuchó ese comentario pronunciado en voz muy baja y casi avergonzada) Julio se santiguó; lo hizo mal, no hizo una cruz sino un triángulo o algún polígono irregular, no por desidia sino porque seguramente le temblaban las manos tanto como a nosotros nos temblaba todo el cuerpo, la lengua, los brazos, las piernas, los esfínteres. Y más rápido que el primer salto, e incluso con más clase, Julio ya estaba de nuestro lado. Fue recibido con aplausos y llevado en alzas por toda la azotea, eso sí, evitando las orillas.

No sólo lo había hecho una vez, sino dos veces, y estoy seguro de que lo habría hecho cien veces más, mil veces más si el resto no hubiésemos asumido el pacto implícito de no volver a subir allí. De hecho yo no volví a subir más nunca desde esa vez; ni siquiera años después cuando instalaron en los bordes de la azotea cercas de alambre debido a que fue acondicionada como lavandero.

Lo que sí fue explícito es que no le contaríamos lo de la azotea a nadie, sobre todo porque nos iban a tener castigados un montón de siglos, lo cual para Julio sería peor que para los demás porque la televisión de su casa estaba rota; aunque lo más seguro también es que a él no lo iban a castigar por ningún motivo ya que sus papás tenían otros asuntos de que preocuparse.

Y aunque seguimos jugando los mismos juegos, a las mismas horas, y con las mismas reglas ya nada era, al menos desde mi óptica, igual que antes. El único añadido fue que nuestra admiración por Julio se disparó al mil por cien y que su palabra era santa para cualquier cosa, desde decidir los integrantes de un equipo, hasta ponerle fin a un juego que estaba estancado en el marcador desde hacía rato. Nadie discutía su autoridad, aunque la verdad él no era nada pretencioso, ni se sentía más que los demás por haber realizado tamaña hazaña. El placer de la adrenalina era su único premio cada vez que lograba algo. Y si aún estuviera aquí y tuviera la edad que tenía entonces, las cercas de alambre hubiesen sido un estímulo más y las hubiese trepado para pasar de una torre a la otra.

Un día el papá de Julio se fue de la casa, o más bien un día nos enteramos de que el papá de Julio se había ido hacía varios días de la casa. Quizá ya no había más objetos que romper, más nada que lanzarse. Por una parte yo estaba alegre porque pensé que retornaríamos a la casa de Julio y podría ver de nuevo a su mamá en sandalias, fumando cigarrillo tras cigarrillo mientras miraba la telenovela, sin importarle que nosotros estuviésemos ahí haciendo y deshaciendo. Pero ese deseo no se llevó a cabo debido a que la casa de Julio comenzó a ser frecuentada por un tipo de rostro cuadrado, a quien apodamos El Mecánico porque siempre andaba con una braga azul embadurnada de grasa.

Julio nos contó que una vez escupió a El Mecánico en la cara porque lo vio hurgar en la cartera de su mamá. Estaba preparado para recibir un golpe del tipo, pero éste lo que hizo fue un gesto de hiena hambrienta para espantar a Julio, quien salió del apartamento, derrotado, pero sin quitarle la mirada a su enemigo. Creo que ese día Julio acababa de llorar, y era raro porque se nos había metido en la cabeza que él no lloraba nunca.

Aunque El Mecánico no se quedaba a dormir en casa de Julio, salvo algunos fines de semana, siempre había un mal rollo entre ellos; no se soportaban y Julio lo único que deseaba era huir a casa de su tía, que vivía algo lejos pero no tanto si se va en autobús, y volver dentro de cinco años a partirle la cara a El Mecánico.

Un día el sujeto pretendió hacer el papel de su papá. Fue la tarde en que nos vio jugando a mí y a Julio en el pasillo, afuera de su apartamento, con unos tractores que transportaban barro y piedritas en cantidades moderadas.

El Mecánico llegó arrastrándose con pesadez y mal humor, gritó que habíamos ensuciado todo de mierda, cuando más bien fue él quien pisó nuestra área de juego y llenó de barro la sala del apartamento. Amenazó a Julio con que si no dejaba el suelo limpio y brillante, no lo iba a dejar salir a jugar durante un mes, y que él se quedaría en la casa todo ese tiempo para garantizar que así fuera. Julio se le plantó y El Mecánico, con sus manos y uñas renegridas, lo frenó en el pecho, y con ese gesto silencioso Julio supo que estaba derrotado de nuevo.

Para asegurar que Julio no incumpliera la ley, El Mecánico se instaló con su equipo de soldar frente a la escalera. Se puso a reparar una pieza de motocicleta, y si bien no podría ver desde allí el pasillo donde nosotros jugábamos, sí tenía resguardadas las rutas de salida que eran la escalera y el ascensor.

Julio dijo que aunque fuera por la ventana se tenía que escapar de esa insoportable injusticia; pero estaba en un séptimo piso y por más valiente que fuera era demasiado arriesgado burlar al carcelero de ese modo.

Así que se me ocurrió la idea a mí (no al ingenioso Omar, ni al valeroso Julio) de que se escapara por el bajante de desperdicios ubicado en el pasillo; había uno en cada piso, y El Mecánico no podía verlo desde su posición. El ducto del bajante no era ni muy ancho ni muy estrecho, así que con paciencia podría ir descendiendo, deslizando la espalda poco a poco en conjunto con la planta de los pies.

Julio aprobó mi idea como si fuera la más ingeniosa jamás concebida y su confianza me transmitió un poco de su grandeza, por lo que me sentí el segundo con mayor autoridad. Como era más fácil entrar en el ducto que salir de él, el plan no era descender hasta el piso seis y de allí huir por las escaleras, sino que debía bajar hasta planta baja para luego salir por el cuarto de la basura, de cuya puerta estábamos seguros que se podía abrir desde adentro porque una vez habíamos estado en ese lugar espiando la labor de la conserje.

El plan terminaba allí. Ninguno de los dos sabía si su escapatoria tenía como fin último que pudiera irse a jugar con nosotros en la cancha o si implicaba una huida a un lugar más lejano. El hecho es que Julio me dijo que me quedara en el pasillo haciendo como que limpiaba o recogía los tractores para que El Mecánico no sospechara que andábamos en alguna movida extraña. Y así estuve como veinte minutos para darle chance a Julio de llegar hasta abajo. Pasado ese tiempo, cuando pasé frente a El Mecánico para bajar por las escaleras le dije que Julio estaba dejando bien limpio todo y que lo perdonara, pero el tipo ni se inmutó, siguió reparando su pieza automotriz.

Julio no fue a la cancha durante toda la tarde, ni en la noche; pensé que quizá El Mecánico se dio cuenta de nuestro plan y haló a Julio desde dentro del ducto y le triplicó el castigo.

El sueño se me había espantado cuando escuché la voz de Julio que parecía estar diciendo (no gritando, ni susurrando, sino como quien pregunta la hora a un desconocido) mi nombre o el de alguno de nosotros, y me pareció estar escuchado unos golpes en la pared justo cuando la puerta de mi cuarto se abrió con algo de estrépito. Al encenderse la luz se iluminó el rostro de mi mamá preguntándome si yo sabía algo de Julio. Me contó que la mamá de él estuvo preguntando por su hijo, pues no sabía dónde estaba.

Lo habían buscado en la cancha, en el estacionamiento, en la azotea y en cada apartamento del edificio. Tanto escándalo a media noche me llenó de temor, pero luego me sobrevino una alegría súbita: sentí que Julio nuevamente había sido un héroe, se había escapado y se habría marchado a donde su tía y volvería dentro de varios años a cobrar venganza, con nuestra ayuda por supuesto.

Como en teoría yo fui el último que lo vio, me interrogaron una y otra vez durante las horas siguientes. Repetí mil veces que dejé a Julio en su casa porque estaba castigado y no podía salir. De hecho, no sin inocencia, insistí en que seguramente el último que lo vio tuvo que haber sido El Mecánico ya que éste le prohibió la salida a Julio y estaba instalado cerca de las escaleras, única vía de escape. No voy a negar que me sentí contento cuando la madre de Julio empezó a golpear en el pecho a El Mecánico a la vez que lo inculpaba del extravío de su hijo.

A Omar, que también había sido despertado por sus padres, tan solo le dije en secreto sumarial que Julio se había escapado a donde una tía. No di detalles de cómo se fugó, así que asumió que fue a través del balcón, cuestión que no le impresionó.

Al día siguiente, como al mediodía, me remordió la conciencia de ocultarle la verdad a la mamá de Julio. Así que le toqué a su puerta y le dije que él se había ido a donde su tía, que la llamara y lo buscara allí; ella me respondió, con una lástima envuelta de pesadez, que si estuviese allí, su hermana ya lo habría traído de regreso, que además la casa de la tía no era nada cerca, que era muy pequeño para llegar hasta allá; sin embargo, no sé si para complacerme, lo dudo, llamó a su hermana sólo para comprobar que ésta no tenía noticias de su sobrino. Yo me acerqué a ella y la abracé, quería darle una especie de consuelo viril pero terminé lloriqueando sobre sus hombros; ella me abrazó y supongo que cerró los ojos y se imaginó que yo era su hijo.

Fue hasta el tercer día cuando los vecinos comenzaron a quejarse del bajante tapado, de las bolsas y desechos que se estaban acumulando entre los pisos ocho y cuatro. Primero la conserje probó con un palo de escoba, luego vinieron los encargados del mantenimiento del edificio y después unos hombres de batas blancas.

Apenas supe la noticia corrí a mi cuarto, busqué debajo del colchón la colilla de cigarrillo casi desintegrada y la arrojé al retrete, no se desapareció en la espiral de agua sino hasta la tercera bajada.

Aún hoy, prefiero acumular la basura en mi apartamento y luego llevarla, en grupos de cinco bolsas, directamente a los contenedores que están en la avenida. Lo hago muy lento, con modorra, como casi todas las cosas que hago desde hace un buen tiempo.

OCHENTA SEGUNDOS

Juanita me dijo que todo estaría bien. Tómatelo que se enfría. Bebí un largo sorbo de café con leche mientras ella continuaba acariciándome la cabeza como si fuera un gato persa, castrado, gordo y pródigo en bostezos. Otro sorbo de café, por poco lo derramo, me temblaban los dedos, casi podría decir que me palpitaban los nudillos pero sería una observación exagerada.

Juanita me quitó la taza de las manos y me dijo que no tuviera miedo. ¿Un chicle?, me ofreció, y sin esperar mi afirmación me introdujo la barra violeta en la boca como si fuera un biberón o un termómetro.

Hace frío, creo que fue más una pregunta que un comentario. Sí, definitivamente tuvo que ser una pregunta y le dije que sí porque ella esperaba un sí y se lo lancé sin mucha convicción. No era momento para contradicciones de ningún tipo, ni siquiera sobre algo tan subjetivo como la temperatura en un país del trópico.

Con la mirada extraviada, Juanita hurgaba en los bolsillos de su camisón en busca de un yesquero. No le dije que en la repisa junto a la mesa había una caja de fósforos. Ella misma la encontró al rato. Acercó la llama a su boca y aspiró hasta que encendió el cigarrillo; sus ojos se iluminaron mientras duró la llama, fulminantes, negros. Ella fumaba y yo la miraba como si mirara un cuadrado blanco sobre fondo blanco y tratara de descifrar cuál es el blanco y cuál es el blanco.

Juanita me dijo que le dolían un poco las rodillas, debe ser por el frío. No, no creo, debe ser por los nervios. Y de inmediato me arrepentí de haber dicho esa palabra (nervios) en un momento tan tenue como el que se nos estaba presentando. Terminé mi café para que ella pudiera echar la ceniza en la taza; no es del todo desagradable esa mezcla de café con goma de mascar sabor a uva. Le alcancé la taza vacía con restos de espuma marrón.

No necesito escucharla, puedo leer sus labios y saber incluso lo que no está diciendo. Con ella el silencio nunca me estorbó; era incluso un tipo de lenguaje que habíamos aprendido a domesticar. Con otra persona me es imposible hablar en esa delicada lengua de inflexiones y declinaciones intraducibles; con los demás tengo que toser, simular que escribo un mensaje en el teléfono o decir cualquier estupidez para romper la incómoda sensación que crea el silencio entre dos personas que apenas se conocen, es decir, entre casi todas las personas que moran en el planeta.

Le pedí un beso con los ojos y me estampó sus labios en la frente. Eso me molestó. Le había pedido claramente un beso. Un beso en la frente es un beso pero no lo es. Me conformé ofendido. Se acomodó en la silla y cruzó las manos sobre la mesa. Abajo yo crucé las piernas. En la frente: qué significa, pregunté. Juanita dijo… me iba a decir… pero finalmente no dijo nada. Masticó sus palabras y se las tragó, con la boca bien cerrada como una señorita comedida.

Antes déjame ver tus palmas, soltó de súbito, como si leer las palmas de la gente fuera un ritual que ella practicara constantemente. Me miró la palma zurda como quien mira una pintura de tres colores idénticos. Morirás muy viejo con cientos de nietos que te limpiarán el pupú de los pañales, sentenció y luego me cerró mi mano cual si fuera un cofre.

Sé que prometí que no te lo iba a decir de nuevo, me dijo, ¿estás seguro que no quieres irte de una vez?, me preguntó. Le respondí que no con la cabeza y con el pelo.

Se levantó, caminó hasta la ventana del balcón, descorrió la cortina y se puso a mirar la calle, el cielo mojado. Sobre el cristal empañado deslizó el índice derecho. Garabateó un quinteto de palabras con sus característicos movimientos melancólicos. Sin mis anteojos no podía leer a la distancia en que estaba. Pero no necesito leer sus palabras, puedo descifrar las líneas de sus trazos, incluso antes de que su dedo los empiece. Tachó todo con el puño y dejó un manchón deforme. Me puse de pie cuando ella ya se devolvía hacia mí. Sus bucles negros entre mis manos.

No quisiera que…, ronroneó Juanita sin terminar la frase. Me dijo que todo estaría bien. Caminamos hacia la habitación en una procesión lenta. Ella adelante, yo atrás en su cintura. Besé su cuello, mi lengua en su cuello. Su pulso era firme y su sangre caliente. Palpé su abdomen blanco y su ombligo vulvoso. Apreté sus senos con ambas manos, con fuerza hasta clavar los dedos. Vuelta de *cientoochentagrados*. Hace frío y sus pezones son de roca. La besé en la frente, en la nariz y cruzamos el umbral.

Juanita dijo que no me bañara, que hacía mucho frío, que todo estaría bien. Me senté en el borde de la cama. Ella miraba al suelo recostada en el marco de la puerta. Le pedí que me buscara algo de ropa en el armario, escoge tú, le dije. Me quité el short mientras ella buscaba. Desnudo a sus espaldas tuve una erección de sangre helada que me congeló el miembro. Me miró el girasol tieso (ella es el sol) y me lanzó un *bluejean*, una franela amarilla y un interior blanco agujereado. No sé por qué cubrí mi erección con la sábana. Por qué en la frente, un beso en la frente. Juanita me dijo que me esperaba en la sala, que si tenía hambre. No, gracias. Cerró la puerta y salió sin voltearse a verme; era como otro beso en la frente.

La encontré reposando en el sofá, con el pelo recogido, fumando otro cigarrillo. La ceniza se amontonaba en el suelo en una mínima montañita. Le pregunté algo y me respondió: debe estar en la secadora, me dijo Juanita. Fui brincando en un pie hasta el lavandero. Efectivamente allí estaba (ella en el sofá chupando un cigarrillo con el pelo recogido) la media blanca camuflada en la oscuridad del encierro. Agarré la media y trastabillando me la embutí en el pie derecho, porque siempre comienzo por el lado derecho en cuestiones de calzado. Abrí el chorro del fregadero y bebí un sorbo.

Hacía escasas horas que ella había hecho las llamadas necesarias. Había decidido entregarse y sólo esperaba a que la vinieran a buscar. Lo mejor es que te vayas, me rogó por enésima vez. Volví a negarme y la abracé muy fuerte.

Estos tres últimos meses encerrados en el apartamento habían sido como una luna de miel que se prefiguraba eterna; pero ya ella no podía vivir más así, en la paranoica zozobra de un perseguido. En el momento en que tú decides cuando algo se acaba, eres realmente libre, decía ella; pero yo le respondía que no me parecía porque en realidad nunca podíamos decidir desde cero sino siempre en función de algo que ya está allí y que reduce cualquier decisión a apenas un breve manojo de posibilidades. En fin.

Justo cuando me asomé por la ventana, se estaban estacionando dos camionetas negras de las que bajó un sexteto de funcionarios con su típica arrogancia burocrática.

Yo sabía (no sé por qué había hecho ese cálculo con anterioridad) que el ascensor de este edificio, si no se detiene en pisos intermedios, tarda un minuto y veinte segundos en llegar desde planta baja hasta nuestro piso.

PERDIDOS EN FROG

I)

Frog es una pequeña aldea ubicada al sur de la sierra 23. El contraste entre sus suelos ardientes y sus ventiscas heladas es quizá uno de los factores modeladores de las enigmáticas costumbres de sus habitantes. Por ejemplo, en Frog es común que las chimeneas estén construidas, no a ras del suelo, sino a un metro de altura.

El pueblo de Frog o villa Frog (o incluso cantón del Frog) fue fundado por un grupo de exploradores del Cáucaso quienes, en algún momento del siglo XVIII, arribaron a las costas de la Capitanía General de Venezuela, provenientes de Curazao, con el objetivo de llegar vía terrestre hasta Cuzco. Por alguna razón desconocida: falta de suministros, de ánimo o quizá a causa de una revelación mística, se asentaron en este territorio sin nombre pero abundante en fuentes de agua y en cuevas de piedra brillante.

De ese supuesto pasado fundacional no queda mucho, salvo algunos apellidos cuya grafía concluye en –ick, –tmn o –skchy, y una palidez grisácea en la mirada. Asimismo, la altura de sus habitantes es notoria en comparación con el promedio de la población de Venezuela; igual lo es la blancura exagerada de su piel, casi rosada, como fríos embutidos sangrantes.

A lo largo del siglo XIX la villa de Frog perteneció, en décadas distintas, al estado Falcón, luego al llamado Gran Estado Centro– Norte de Occidente, al estado Falcón–Zulia, al Gran Estado de Lara y por dos meses a Portuguesa. A inicios del siglo XX formó parte del estado Loma Brava, entidad federal nunca reconocida legalmente y que fue desintegrada (o más precisamente exterminada a sangre y fuego) debido a sus pretensiones independentistas. De hecho Frog y otras poblaciones aledañas no figuraron ni en los mapas, ni en los registros civiles de esos convulsivos años como una forma de punición de los gobiernos por reprender esa breve e infructuosa aventura que fue Loma Brava.

Durante todo el siglo XX, Frog perteneció alternativamente a los estados Falcón y Yaracuy, y en la actualidad se encuentra en la zona en reclamación que disputan ambos estados. Pero lo que realmente vale destacar de este escueto recuento es que los habitantes de Frog nunca han manifestado ningún tipo de interés por estos vaivenes jurídicos.

Hoy en día Frog es un territorio áspero y, como ya se dijo, de suelo caliente y vientos helados, lo cual influye en que sus pobladores anden arrebujados con gruesas mantas de la cintura para arriba pero con los pies descalzos y las pantorrillas desnudas. Su población la conforman unos 2.300 aldeanos; aunque se estima que apenas se ha contabilizado el sesenta por ciento de la misma, pues se cree que muchos froguenses aún viven en cuevas de difícil acceso.

Su población es mayoritariamente anciana y condenada a la desaparición si se prolonga la hermética endogamia en la que llevan sumidos toda su historia. No se conoce que tengan tradiciones culinarias, festivas o religiosas. Hablan el español de un modo característico, muy básico, y su forma más usual de comunicación es una especie de risa gutural que emplean para girar instrucciones o admirar la luna. También se dice que hablan con fluidez, pero sólo puertas adentro, un idioma que no es de raíz latina.

Su arquitectura es sencilla, con casas de bahareque y techos de teja o paja tejida. En el pueblo hay una pequeña iglesia levantada por misioneros, en la cual no se oficia misa desde el año 1884 y que ahora funge como depósito.

La gente de Frog vive del agua, que no utilizan como fuente de energía o para irrigar los escasos cultivos que tienen, sino sólo para beberla o asearse, lo cual hacen en abundancia. Cazan guacharacas y conejos. Lo único que cultivan son cebollas, tomates y algunos tubérculos; también crían cerdos, lo cual rebate la endeble tesis de que en Frog son judíos. Sus actividades comerciales se limitan al intercambio de productos entre ellos mismos, operación que realizan bajo reglas algo ambiguas; por ejemplo, el valor de cambio de un cerdo o un conejo es mayor o menor dependiendo de la nitidez de la sombra que proyecte sobre "el lienzo de intercambio" (una sábana parda que debe llevar consigo cualquier persona que quiera intercambiar un bien por otro). Eventualmente, los froguenses realizan menudas compras en los poblados más cercanos: algunos víveres, caramelos, gasolina para los cinco vehículos que hay en el pueblo y algunos otros insumos de la industria moderna. En Frog hay luz eléctrica pero la mayoría de sus habitantes usa radios con baterías, incluso televisores que funcionan con pilas. No hay líneas telefónicas, sin embargo la conexión satelital es muy buena, mejor incluso que en muchas ciudades importantes del país, según han dicho conocedores de la materia. Aún se conserva en pie, desteñido y oxidado, un teléfono público que nunca funcionó.

En lo referente al turismo, Frog no tiene ningún atractivo natural, histórico o cultural; es un caserío sin forma, un azar de casas, aceras y caminos de tierra que se enredan y mueren de manera imperceptible en algún punto.

En la década de 1980 Frog se puso de moda por un par de años. Fue exactamente en 1982 cuando unos ingenieros petroleros descubrieron, en las adyacencias de la aldea, un parque de armas de guerrilleros enterrado en una mina. Además de fusiles, metralletas y uniformes propios de las últimas décadas del siglo XX, lo curioso fue que se encontraron cientos de ballestas decimonónicas y al menos dos docenas de lanzas de acero pulido. Se rumora que también se hallaron algunos lingotes de oro, pero eso nunca pudo ser comprobado, o al menos quienes los encontraron nunca lo reportaron formalmente. Lo que sí es seguro es que ni una gota de petróleo o un centímetro cúbico de gas natural había en toda esa extensión.

A partir de ese curioso hallazgo armamentista se escribieron una docena de artículos sobre Frog en los ámbitos de la antropología, la sociolingüística e incluso de la parapsicología; eventualmente ello trajo un pequeño contingente de entusiastas turistas nueva era que al poco tiempo emigraron, incapaces de establecer un diálogo fructífero ni con los habitantes, ni con el clima, ni con la naturaleza de Frog. No es un lugar para vivir, en absoluto, decían.

Debido a ese brevísimo entusiasmo inicial se empezó a construir un pequeño museo en Frog, el cual no prosperó y quedó inconcluso. Dicha estructura sirve de depósito de leña para los habitantes y de refugio de perros descarriados. En Frog, valga acotar, se estima que hay un perro por cada diez habitantes, sin embargo se cree que ninguna familia los tiene como mascotas; simplemente vagan y devoran lo que encuentran. Son como enormes ratas que limpian las calles y que se reproducen con mesura. Se trata de perros mudos, no se sabe si por alguna predisposición genética o por algún tipo de intervención quirúrgica realizada por los habitantes de Frog a estos animales.

En fin, Frog pasó de moda. La última referencia pública a este sitio fue cuando un grupo musical pop de tercera categoría dedicó una canción y un videoclip a Frog y esa palabra se volvió un eco radial durante cuatro semanas; después todo el mundo la olvidó.

Salvo las noticias ya referidas, es poco el material bibliográfico y hemerográfico que se consigue sobre Frog. En Internet hay algunas notas donde se menciona a Frog de pasada, sobre todo en alusión al armamento que se halló y a los lingotes de oro de cuyo paradero nadie supo. Los periódicos regionales no le dan cobertura. No hay noticias de ese lugar. Aparentemente nada ocurre allí, o lo que ocurre no se barniza con el cariz de la trascendencia. Se dice por ejemplo, que si alguien roba algo (cosa que rara vez ocurre) aparece quemado como por un rayo y con las manos amputadas, sin juicios, sin quejas, sin algarabía. Claro está que esta última afirmación se basa en simples rumores de visitantes esporádicos y no en el registro de algún investigador minucioso.

Al menos desde la mirada del forastero, en Frog no hay novedades, y la ausencia de estaciones o de variaciones climáticas significativas hace que el tiempo sea eterno, lento, flojo, como un espeso plato de avena. La gente allí se muere de vieja, de hastío. Tienen un cementerio vertical, es decir, una fosa de medio kilómetro de profundidad en la que van arrojando los cadáveres a la profundidad de la Tierra.

II)

Frog aparece en algunos mapas viales recientes, pero su grafía suele variar entre Frog, Frogg y hasta Frock.

Es difícil llegar a Frog sin ayuda de un baquiano o sin haber ido anteriormente y tener buen sentido de la orientación.

Se dice que la mejor forma de llegar a Frog es por error. Y así fue como llegaron Andrés y Ana. Su destino era la península de Paraguaná, pero entrando a Lara erraron la ruta y tras atravesar estrechos y oscuros vericuetos, evadiendo vacas y cabras en el camino, llegaron a Frog.

Sin importar la fase lunar, las noches en Frog siempre tienen un halo plateado. Algunos atribuyen este efecto al río Arawac que desemboca en una serie de arroyuelos silenciosos y colmados de piedras color plata que emiten un resplandor casi eterno. Durante algunos años se corrió el mito de que en Frog había minas infinitas de plata, pero esas piedras no eran más que simples rocas metamórficas y sedimentarias que juntas (sólo juntas) producían un argentado efecto bajo las aguas mansas de los fríos arroyos. De manera que una noche en Frog no es tenebrosa por lo oscura; sin embargo es temible por lo iluminada, así que quien de noche se pierde en sus caminos tarda en darse cuenta que se ha extraviado hasta que se empieza a topar con senderos que son interrumpidos de manera abrupta por empalizadas coronadas con púas o por el muro de una casa grande, de apariencia abandonada, con un letrero que dice Museo, pero que en realidad es una casa llena de perros mudos y sin nombre.

Era su viaje de luna de miel y no habían podido estar juntos desde que firmaron el contrato nupcial en la jefatura la tarde anterior. Un viaje que prometía ser breve se había convertido en un divagar de más de seis horas. Ana sólo quería llegar a su destino final sin dar más rodeos y, a estas alturas del viaje, lo mismo le daba llegar al turístico pueblo de Adícora que a un desconocido caserío de costumbres inciertas.

En vista de que Frog no tenía plaza Bolívar, jefatura, ni otro centro neurálgico tuvieron dificultad para ubicarse, o al menos para sentir que estaban realmente en algún sitio. Dado que necesitaban de alguien que los orientara para salir del laberinto, decidieron estacionarse junto a una hilera de casas cuyo interior parecía iluminado por velones de luz trémula.

En una de las viviendas escucharon un vago rumor como de niño llorando pero se apagó apenas se bajaron del automóvil. En esa estrecha calle había un puente y bajo éste un riachuelo que apenas sonaba, pero su agua, plateada de piedras, parecía fluir con espumosa rapidez.

Ana tenía frío y Andrés se moría de ganas de orinar. Antes de avanzar por la calzada rumbo a alguna puerta, él se detuvo tras un muro derruido, dispuesto a vaciar su vejiga. Justo cuando se comenzó a bajar el cierre del pantalón, una botella de vidrio zumbó junto a su oreja y se estrelló e hizo pedazos contra un tronco. Entre apenado y aterrado, se aguantó las ganas y se devolvió junto a Ana que estaba acostada sobre el capó del vehículo con ambas manos dentro de los bolsillos de la chaqueta y un cigarrillo en su labio, apagado.

Las puertas más cercanas no les inspiraron confianza, sobre todo por el diseño antropomorfo de sus aldabas. Así que caminaron varias puertas más antes de tocar en una puerta que carecía de cualquier tipo de adorno. Mientras esperaban a que alguien les abriera, un trío de perros se les acercó a olisquear sus pies. Si bien no mostraron los dientes, se movían en amenazadores semicírculos como el depredador que se sabe muy superior a su presa. Ana dijo que tenía miedo y frío y Andrés sonrió antes de abrigarla con un abrazo, pero temblaba de las ganas de orinar así que no fue un abrazo lleno de la seguridad y la calidez que ella esperaba de su recién esposado.

Un joven flaco y largo les abrió la puerta sin decir palabra. Luego de mirar hacia afuera, como para asegurarse de que estaban sólo ellos y nadie más en la calle, dibujó una mueca intraducible en palabras. Ana tembló un poco más en los brazos de Andrés y él sintió que una gota de orina caliente comenzaba a abrirse paso, pero logró retenerla. Una persona de sexo indeterminado y mucho mayor que el joven, salió de una habitación y fue quien atendió a la pareja.

Tanto para romper el silencio como por la salud de su vejiga Andrés preguntó si le podían prestar un sanitario y la persona dijo que no, y tras una pausa (casi ensayada) aclaró en tono áspero que estaba dañado. Cuando Andrés preguntó cuál era la forma de retornar a la carretera principal, la persona les indicó que debían seguir derecho y doblar a la izquierda en la tercera calle. Luego cerró la puerta; se escuchó que ajustaron los cerrojos por dentro.

Andrés y Ana volvieron al vehículo, rodaron un trecho y en una calle libre de viviendas cercanas Andrés se dedicó a orinar durante tres deliciosos minutos sobre las aguas del riachuelo. El chorro amarillo produjo una espuma verde que, algo compactada cual barcaza deforme, fue arrastrada con paciencia por la corriente fluvial.

Al regresar al interior del auto, Andrés notó que Ana seguía temblando de frío pese a que la calefacción estaba al máximo. Discutieron sobre la posibilidad de que se agotara la gasolina y sobre la posibilidad de que ella tuviera fiebre. Él sacó del asiento de atrás una botella cuadrada y le ofreció un trago de ron que ella despreció. Cuando reanudaron la marcha, se percataron de que un nutrido grupo de desnutridos perros los seguían a paso lento.

En la tercera calle el único desvío posible era hacia la derecha, pues no había cruce hacia la izquierda. Repitieron en voz alta lo que había dicho el viejo de la casa y optaron por seguir en línea recta hasta encontrar un cruce a la izquierda.

Avanzaron a toda marcha por la calle poblada del rumor de manantiales que corrían a velocidades distintas. Ana pidió un encendedor para prender su cigarrillo, Andrés buscó en vano en el bolsillo de su camisa, así que le indicó a su recién desposada que buscara en la guantera; ella revolvió con desespero e irritación mapas, un par de revistas, los papeles del carro y una linterna. Este periplo no tenía nada que ver con lo que ella habría esperado de su luna de miel. El desespero de ella contagió a su vez a Andrés, quien pensó en ese instante que una luna de miel era precisamente eso que estaban viviendo: el inicio del desastre irreversible en que terminan muchos matrimonios; así que no se mortificó con que el error estuvo en la elección de la pareja o en la escogencia del destino turístico, sino en el hecho de no haber calibrado el alcance inexorable del destino.

En esas cavilaciones estaba cuando se inclinó por un segundo hacia la guantera a rescatar el yesquero y de pronto un golpe contundente y seco resonó en el parachoques. Antes de erguir la cabeza frente al volante ya había frenado. El panorama seguía tan vacío como antes. Ana tembló, esta vez a causa de un frío mucho más interno como causado por electricidad, pensaba ella. Andrés se cercioró por el retrovisor de que no había nadie detrás de ellos, miró a los lados y al frente. Dijo que quizá fue un perro; se bajó del automóvil y le dijo a Ana que estuviera quieta. Le encendió el cigarrillo y conservó el yesquero con él. Al momento, ninguno se dio cuenta de que lo prendió al revés, sólo ella, más tarde, cuando la segunda o tercera bocanada le supo a plástico.

Andrés caminó hacia delante del vehículo, miró hacia el río que ahora lucía profundo, manso y refulgía en los lugares donde se acumulaban las piedras. Sus aguas parecían tan quietas que pensó que quizá podría estar congelado, y trató de imaginar cómo sería la apariencia de un río congelado en los países de muy al norte o muy al sur; soñó brevemente con una cresta de agua dulce, como una ola, congelada en el justo momento antes de caer y disolverse en espuma. Avanzó un poco más, hacia unos matorrales a la orilla del río. Vio un bulto negro y se horrorizó al pensar que se trataba de uno de los perros que los habían estado siguiendo. Temió que la manada los persiguiera para cobrar venganza. Pensó que los mamíferos son vengativos por naturaleza. Cuando se acercó más al pequeño cuerpo se dio cuenta de que no era un perro sino un niño de unos cinco años, envuelto en una especie de batola oscura, de una palidez verdusca en el rostro y con los ojos abiertos.

Andrés miró a su alrededor, luego miró hacia el auto. Ana se acariciaba el cabello y miraba hacia la distancia, hacia lo lejos, que es lo mismo que decir hacia adentro. Andrés sabía que desde donde estaba, ella no podía ver lo que había oculto entre la maleza. Andrés tocó el cuerpo. No tenía rastros de sangre pero sí una evidente contusión tricolor en la sien. Estuvo allí un rato, de cuclillas, le tocó el pecho y el cuello para ver si detectaba alguna pulsación. No había nada que hacer, y sin embargo lo atacó el pensamiento de que ahora, desde ese instante decisivo de su vida tendría mucho, demasiado que hacer. Con los pies, porque ya no quería tocarlo más, hizo rodar el cuerpo por la pendiente. Se detuvo un rato mientras lo veía hundirse en el río que lo tragó con lentitud, y esa lentitud, pensó él, era garantía de que se hundiría bien al fondo, para siempre.

Escrutó el suelo para ver si había quedado algún rastro de la vestimenta del niño u otro objeto de éste. De regreso al auto, caminó con la cabeza gacha examinando el terreno. Aminoró el paso cuando estuvo frente al capó para mirar de reojo si había algún rastro visible de sangre, tela u otra evidencia en el parachoques del vehículo, pero todo lucía impecable.

Ana abrió los ojos justo cuando él encendió el motor. No estaba dormida sino con los párpados bajos. Andrés se limitó a decir que era un perro viejo y que mejor se iban pronto antes de que llegaran los otros. Ana se limitó a asentir con la cabeza.

Avanzaron con lentitud y con las luces del auto apagadas, en vez de torcer a la izquierda en el siguiente cruce, siguieron recto un buen trecho. Ana fingía dormir o al menos eso le parecía a Andrés.

No hablaron hasta que, después de media hora, lograron hallar una salida hacia una carretera en la que se avizoraban algunos vehículos. Se sintieron felices pero por separado: aunque la razón de la alegría era la misma, no la compartían.

Aunque faltaba poco para el amanecer, decidieron dormir unas horas en cualquier hotel antes de seguir su rumbo.

Al bajarse del auto, Andrés comenzó a temblar como si hubiese caído en una piscina de hielo. Le pareció una eternidad el camino hacia la recepción. Ana se durmió apenas su cuerpo tocó el colchón, pero él anduvo toda la noche haciendo *zapping* en los canales del cable. Cuando recién había logrado conciliar el sueño, se despertó de golpe y buscó entre su ropa el encendedor. Imaginó de pronto la pieza de plástico en un laboratorio de criminalística, empapado de sus huellas dactilares y de su ADN. Buscó y rebuscó en todos sus bolsillos sin hallarlo, y cuando había tomado la resolución de ir hasta el vehículo para ver si estaba allí, Ana murmuró medio dormida que si quería fumar buscara el yesquero en su cartera. Andrés buscó y en efecto allí estaba. Sin embargo no fumó sino que se limitó a prenderlo una y otra vez hasta que le dolió la yema del pulgar.

Ya al amanecer retomaron su plan original de ir a la posada que habían reservado cerca del mar. Las dos primeras noches Andrés no pudo tener una erección decente, pero a la tercera se reivindicó. Además de tomar sol tomaron un curso de pesca en el que Andrés no dejaba de preguntar a los instructores el porqué los peces muertos no se hunden en el agua sino que flotan.

El regreso a su hogar fue raudo y lleno de un silencio interrumpido cada treinta minutos cuando Ana le preguntaba si él la amaba y él respondía, con los ojos fijos en la autopista, que sí.

III)

Cuatro años después, mientras almorzaban en un restaurante italiano en compañía de otros amigos, Ana le preguntó a Andrés si recordaba su luna de miel. Incómodo y algo cortado, Andrés se limitó a decir que la luna de miel con ella era todos los días, sin que para ello tuvieran que viajar a ningún lado.

De súbito y en secreto, Ana le preguntó si era una hembra o un varón. Andrés palideció pero trató de mantener la compostura.

–Siempre he estado con esa duda pero nunca me atreví a preguntarte –añadió Ana.

Andrés respondió que no recordaba. Bebió hasta el fondo su copa de vino, y luego agregó que la verdad era que no sabía.

Un compañero los interrumpió festivamente y les dijo:

–Ya va siendo hora de que encarguen un pequeño, ¿no? –y rió.

–Sí, ya es hora –repitió Andrés sin énfasis.

Y luego la conversación derivó hacia otros temas, los precios del petróleo, los dólares falsos que andaban circulando por ahí o la clasificación de los equipos de fútbol de esa temporada.

Entretanto Ana pensaba (suponemos) que también les haría falta un perrito de mascota.

EL LOCO

Lo apodé el loco no tanto por evadir la dificultad que representaba la dicción de su nombre sino por otras razones más objetivas: su pulcritud milimétrica para peinar su cabello dividido en dos partes iguales, el firme pliegue vertical de sus pantalones, y sus inagotables camisas blancas, siempre nuevas, impecables, de un brillo fulminante.

Apenas si hablaba unas pocas frases breves y apuradas, sólo dichas para saludar a la carrera o presentar reportes sobre sus asignaciones. Es verdad que no hacía horas extras ni se llevaba trabajo a casa; no era ejemplar, pero hacía lo que se le pedía y eso era suficiente para los supervisores. Los pocos que al principio se tomaron la molestia de aprender a pronunciar su nombre, terminaron luego sucumbiendo al mote que, además de economizar fonemas, parecía describirlo a la perfección: el loco.

Es verdad que delante de él no nos referíamos con este apodo, pero era el nombre oficial que se le daba en la compañía, incluso para asuntos relativamente formales; más de una vez se oyó a algún director ejecutivo decirle a un asistente: "Pídele el informe de bienes raíces al loco, en piso 3", o a algún inspector conversar por teléfono con un inspector de fábrica y hacer referencia a que tales o cuales papeles estaban en manos del loco.

Era de comer breve y veloz. En el comedor se sentaba invariablemente en alguna de las sillas más próximas a la puerta de salida. Si estaban ocupadas esperaba su turno el tiempo que fuese sin importar que el resto de los asientos del comedor estuviesen vacíos. Sus servilletas, diminutas y usadas con sumo recelo y minucia, también eran tema de conversación y justificación para quienes nos gustaba hablar de sus loqueras.

Aunque lucía apacible (hay locos tranquilos) parecía exasperarlo en exceso que sus zapatos perdieran el brillo o que sus trenzas se aflojaran, por eso se le veía en distintos lugares atándolas con firmeza.

La recepcionista una vez dijo que el loco tenía pinta de que entrenaba con pesas debido a sus antebrazos fibrosos. Pero a mí más bien me parecía un flaco endeble, así que la amenacé con empezar a llamarla a ella "la loca" si volvía a hacer otro comentario que ensalzara alguna virtud inexistente del loco.

No se puede negar que el loco era colaborador si la situación apremiaba; por ejemplo, colocaba el botellón de agua en el contenedor para beber o cedía su turno en la fotocopiadora si la persona de atrás tenía apenas una hoja y él una resma entera. Yo creo que no lo hacía por cortesía sino porque consideraba que era lo correcto y punto, sin sonreír pero tampoco de mal talante, como un buen soldado raso con cierto sentido del deber.

No sabíamos casi nada de su vida fuera del ámbito laboral; en su decoración de oficina no tenía fotos o algo que arrojara datos sobre su intimidad: no sabíamos si tenía hijos, esposa, familia, ni con quién ni en dónde vivía, ni qué música le gustaba, ni qué hacía en sus ratos libres.

Su forma de mirar era perturbadora, no porque te viera de modo invasivo, sino porque su mirada se perdía en el vacío sin fijarse en nada en concreto. Quizá esa era su forma de burlarse de nosotros, y esto lo digo porque a veces se quedaba mirando embobado hacia el horizonte en línea recta o más bien oblicua y cuando uno miraba hacia esa dirección no había nada, es decir, lo hacía quedar a uno como tonto, es decir, era loco.

Eso era lo que más nos exasperaba: su mirada; mirar así es el tipo de cosas que no hay que hacer por respeto al prójimo. Creo que lo demás se lo hubiésemos soportado, pero esa mirada era una ofensa descarada. Para mirar así, digo yo, hay que ganárselo, o en su defecto tener una profesión que lo amerite como esos científicos que otean pájaros o escudriñan estrellas y tienen que mirar así porque deben hacerlo, pero él era contador, sacaba cuentas, balances, redactaba números y dibujaba proyecciones. No, sin lugar a dudas, no tenía derecho a mirar así.

Pero bueno, este es un país libre y cada quien a lo suyo, así que me acostumbré a perdonarle esa formar de mirar.

Y debo decir que uno se acostumbra, uno perdona y se acostumbra. Como dicen: lo dejé ser. Y pasaron los meses (creo que no tiene más de un año en la empresa) y lo dejamos ser, es decir, lo dejamos ser loco a sus anchas.

Pero un día algo cambió de un modo irreversible, imperdonable. Fue el día en que después de almorzar, el loco sacó de su bolso un pequeño cubo de Rubik y se puso a armarlo así sin más. Desde mi mesa coincidí en silencio con mis compañeros en que se trataba de un insulto mayor hacia todos nosotros. Un insulto por varias razones: primero, porque el colorido cubo rompía con la monotonía bicolor de su vestimenta; segundo, porque era un atrevimiento de su parte quebrantar una rutina en la que ya uno había invertido tiempo en describir y calificar; y tercero, porque no habló con nadie sobre su juguete.

A mí particularmente me incomodó sobremanera cuando Rita dijo que ahora deberíamos llamarlo el loco del cubo. Yo pensé y dije: lo hemos llamado durante meses de una forma y ¿ahora vamos a cambiar nosotros sólo por su atrevimiento? Todos compartieron, en silencio, mi opinión y mi rabia.

Pero el loco fue más osado aún. No sólo tuvo las desfachatez de seguir dándole al cubo de colores durante los almuerzos, sino que colocó en el monitor de su computadora un protector de pantalla alusivo al cubo de Rubik, cuando es sabido que él siempre colocaba el protector de pantalla con el logotipo de la empresa, como le debe corresponder a un tipo como él, solitario, callado, malquerido, con las camisas muy blancas, con el cabello bien engominado, loco al fin.

Yo me decía: si le aguantamos eso, el loco nos va a ir jorobando poco a poco. No sé qué se puede traer entre manos, ese tipo es loco y es un hecho sabido en toda la corporación.

Yo, que me considero muy tolerante (nota: hice un taller teórico-práctico de tolerancia y valores humanos, y tengo el certificado de asistencia para comprobarlo), me dije: vamos a darle más tiempo al loco, a lo mejor recapacita y se queda tranquilo; pero pasaron los días y nada, el loco seguía en sus horas de almuerzo dándole a la muñeca, retorciendo hileras de recuadros hasta que cada cara se iba homogeneizando bajo un mismo color. Entonces reflexioné: si termina de armar su cubo de seguro lo engavetará y todo volverá a la normalidad; aunque también es probable que una vez que termine con su juguete se le ocurra emprender un proyecto más molesto aún, cuyas consecuencias son imprevisibles desde una óptica lógica, es decir, no loca. Pase lo que pase, más allá de esas consecuencias insospechadas, insisto: ¿tiene derecho el loco a faltarnos el respeto así? Y acá sí voy a citar, entre comillas, una frase del taller teórico-práctico al que hice referencia: "tus derechos terminan donde comienzan los del otro". Punto. Sin duda el loco tenía que irse, había que sacarlo de la oficina, presionarlo para que renunciara.

Pero lograr eso no era fácil. Normalmente cuando uno quiere ser hostil (nota: con alguien que se lo merece) se le retira la palabra, se le sabotea el trabajo. Pero como el loco no conversaba era infructuoso no hablarle, y como llevaba sus proyectos por su cuenta era difícil sabotearlo.

Lo comenté con mi mujer: hay un tipo en el trabajo que nos está echando a perder la armonía en la oficina. Ella me preguntó: cómo así. Y yo lo dije: no sé qué se trama, pero si me quedo sin empleo y no hay plata para la comida de la niña es culpa de ese tipo. Ella me preguntó: y cómo se llama el hombre. Y le respondí: se llama el loco. Ella, antes de quitarme el plato sucio de la mesa, dijo: cómo es que contratan gente así, ojalá salga de ahí pronto.

A la mañana siguiente, cuando intenté averiguar su número de teléfono para enviarle un amenazador mensaje anónimo, me enteré de que el loco no tenía celular. No era que lo tenía dañado, era que no poseía uno. Otro insulto más para la lista. Ese mediodía me mostré arrogante ante mis compañeros, debido a que ese dato (la ausencia de teléfono móvil) comprobó lo que yo siempre había sostenido: la peligrosidad del sujeto en cuestión. Dije: ese cubo es tan sólo la punta del iceberg. (Esa expresión también la aprendí en el taller).

Entre tanta preocupación, Tovar y yo nos retrasamos con unos informes que debíamos analizar. El jefe nos mantuvo en una encerrona de una hora, reclamándonos por la demora. Tovar y yo salimos ofuscados sobre todo porque no supimos explicar la relación que había entre nuestra supuesta "improductividad" y las actitudes nefastas del loco. Cuando Tovar me dijo que nos pusiéramos manos a la obra, pensé de inmediato en cómo falsificar una carta de renuncia firmada por el loco o cómo falsificar una notificación de despido dirigida al loco.

Ya era tarde y llovía a manguerazos cuando por fin salimos. En las empinadas escaleras que bajaban hacia el patio que sirve de estacionamiento vimos al loco de espaldas, descendiendo con las manos en los bolsillos. Empecé a bajar rápido, como para pasarlo, y sin querer, disculpándome en el acto, le di un pequeño empujoncito, mínimo, el cual contó con la aprobación visual de Tovar. Pero la sonrisa de éste se fue borrando a medida que el loco se iba a yendo a pique en complicadas contorsiones, pues al parecer los locos tienen una manera extraña de caer.

Yo y Tovar terminamos de bajar los escalones hasta donde estaba el loco tendido. Le dije a Tovar que caminara (no usé el verbo correr) a pedir ayuda. Algo se le rompió al loco por dentro porque su cara de dolor casi podría dar lástima si no fuera loco.

Sin pensarlo (aunque tal vez sí pensé en la leche de mi niña y en los derechos de los demás y en la punta del iceberg) me agaché frente a él y, de la manera más disimulada posible, abrí su bolso de comida y me apropié de su cubo de Rubik: ya casi lo tenía armado el pobre loco. Me lo guardé en mi chaqueta.

Tovar llegó con un vigilante del estacionamiento quien llamó a un servicio de ambulancia. Mientras el vigilante le hacía preguntas al loco para determinar la magnitud de sus fracturas, yo y Tovar nos fuimos a buscar nuestros carros esquivando alegremente los charcos de lluvia.

Desde que el loco no está, la oficina tiene otro aire. Es verdad que tenemos más volumen de trabajo; ahora es que uno se da cuenta de que el tipo rendía bastante. Pero a pesar de eso, yo y los demás nos sentimos más tranquilos, más reposados y casi podría asegurar que el brillo del sol cada mañana es más dorado y que el soplo del aire acondicionado es menos templado y más silencioso.

ALGUIEN LLAMADO JONES

Las llamadas por teléfono comenzaron seis semanas después de que se hizo público el veredicto.

Era la segunda ocasión que a Charly le tocaba ser jurado en algún tipo de certamen literario. La primera vez que desempeñó ese rol fue en un concurso universitario de relato breve donde el número de participantes fue escaso, alrededor de veintidós, y en donde no hubo mayor dificultad en escoger al ganador, cuya obra no era nada original pero al menos era más digna que la del resto de los participantes. Fue una tarea tan fácil que Charly despachó las veintidós lecturas mientras almorzaba en una mesa de plástico frente a la piscina de la universidad, bajo el constante ruido de los cuerpos que se estrellaban en el agua y los pitos desesperados de los entrenadores.

Pero la segunda vez fue diferente. Charly era uno de los tres jurados de un concurso de considerado de envergadura en ciertos ámbitos. Se trataba del premio de novela N & N, convocado por una editorial cuyo prestigio se había ido consolidando en las últimas dos décadas a punta de descubrir muchos nuevos talentos y publicar unos cuantos. En promedio, al menos en las últimas cinco convocatorias, se recibían para este concurso unos 180 manuscritos cada año provenientes de varios países de Suramérica.

En realidad Charly fue convocado como jurado en calidad de suplente, pues uno de los que conformaban el trío original no pudo asumir esta tarea por algún tipo de enfermedad visual de la que Charly no quiso preguntar mucho. Aunque era muy joven en comparación con los otros dos, Charly había acumulado credenciales debido a sus ensayos críticos publicados en blogs, revistas y un par de antologías. Así que no se sintió sorprendido, aunque sí ligeramente halagado, ya que consideraba que estaba bien justificada su capacidad para asumir ese delicado y comprometedor rol en un concurso tan reputado. Quizá lo único que lo incomodó al principio es que tenía un mes de desventaja con respecto a los otros dos jurados para leer y ponderar las 169 novelas enviadas en esa edición.

Charly se tomó tan en serio su tarea que se dedicó exclusivamente al concurso durante los casi dos meses de sus vacaciones universitarias. Y aunque hubo al menos setenta novelas que descartó a la tercera página, se tomó la tarea de leer la centena restante hasta la última línea. Incluso llegó al punto de escribir un breve informe por cada una de las novelas que él consideró que podían entrar en el grupo de las veinte finalistas.

Luego de puntuales reuniones con el resto del jurado, a las que Charly llevó sus informes impresos por ambas caras, fue fácil llegar a un consenso pleno sobre la obra ganadora. La deliberación final tuvo lugar en la terraza de la editorial N & N, donde junto a los organizadores del concurso se firmó el acta en que constaba que la novela vencedora, titulada *El sendero triangular*, fue presentada bajo el seudónimo "Madame Polidori", y al abrir la plica se pudo conocer que el nombre de la autora era Daniela Pinoglia.

Para Charly fue una grata sorpresa saber que el galardón recayó en la figura de la conocida Pinoglia. Si bien no supo reconocer en el texto leído la textura de su voz, al menos se sintió complacido por haber seleccionado a una escritora de esa talla. Además del placer de haber descubierto una gran novela, Charly pensó que lo mejor de haberla elegido es que podría conocer a Pinoglia en persona. Había admirado y comentado su obra en un par de ensayos, pero nunca había tenido la oportunidad de intercambiar palabras con ella, ya que Pinoglia no vivía en Caracas y muy rara vez se le veía en eventos públicos.

El día de la premiación, seis semanas después del veredicto, Charly llevó todos los libros de Pinoglia para que se los firmara; pero al llegar al hotel donde tendría lugar la celebración, Charly pensó que se vería estúpido al incomodar a Pinoglia de esa manera, así que dejó todos los libros en la maleta del Chevette.

La verdad no intercambió muchas palabras con Pinoglia, quien por lo demás era muy silenciosa. Y como no quería parecer zalamero, trató de evitar comentarios sobre su obra. Esa misma noche empezó a escribir un estudio crítico de profundidad sobre la obra de Pinoglia, haciendo énfasis en su recién premiada novela. La idea fue sugerida por el editor en jefe de N & N, para que el texto de Charly acompañara la primera edición del libro, lo cual para él sería una gran oportunidad de "darse a conocer" (¿?) pues la novela circularía simultáneamente en varios países del continente.

Suspendió otros compromisos que podían esperar un poco más y se sumergió de lleno en el triángulo verbal de Pinoglia.

A un cuarto para la medianoche sonó el teléfono de su casa.

En ese momento, y en lo días subsiguientes, Charly no sabía que sería la primera de muchas llamadas, así que ese calificativo de "primera llamada" se lo colocó mucho después cuando pudo aglutinar la totalidad de los hechos disponibles y así adjudicar un comienzo (la primera) y un final (la última).

El interlocutor al otro lado del teléfono saludó con naturalidad, como si conociera a Charly, pero con un acento áspero como si el saludo llevara implícito algún tipo de reclamo.

–Soy Jones –dijo.

Charly, concentrado en avanzar en el ensayo que estaba escribiendo, lo despachó rápidamente sin darle importancia.

–Creo que está equivocado de número, adiós –dijo y colgó el auricular para devolverse a su escritorio. Pero no se había sentado de nuevo cuando volvió a repicar el aparato.

—Soy Jones. No cuelgue, por favor.

—No conozco a ningún Jones. Adiós.

—Bueno, Jones fue el seudónimo que utilicé. ¿Tiene memoria de *El vacuo haber*?

Charly dedujo que ese nombre aludía al título de alguna de las obras enviadas al recién fallado concurso, pero se hizo el desentendido.

—¿En serio no se acuerda? ¿Los hermanos Segundo y Octavio? ¿No le suenan? La vaguedad infinita es la forma como describí a la enfermedad verbal de Octavio. ¿Y el bosque de concreto? ¿Nada? —Hubo una breve pausa en el habla, mas no un silencio—. Usted es Charly Díaz, usted fue jurado y este es su teléfono —concluyó Jones con la energía del abatido que juega la última carta de la desesperación.

—Disculpe voy a colgar, estoy trabajando —respondió Charly, inquieto porque se le estaba evaporando una idea que ya tenía bien redondeada y que ahora le costaría algo de trabajo volver a formular en los exactos términos en que lo había hecho hace pocos minutos.

Pero Jones insistió, ahora más reposado:

—Le pido que haga memoria. ¿Le repito el nombre de la novela?

—De verdad no es necesario. Suerte —dijo Charly antes de colgar, quizá sugiriéndole que participara en otro concurso con su vacua obra.

Jones no volvió a llamar a Charly sino hasta dos días después y a una hora más decente. Lo primero que hizo fue disculparse por el tono misterioso de la primera llamada. Le aclaró que lo único que deseaba saber es si le había gustado su novela y si había entendido el mensaje. Frente al silencio de Charly, Jones creyó prudente repetir el título de la novela, pronunciando cada sílaba con la mayor exactitud posible: *El vacuo haber*.

A pesar de los rigurosos métodos de lectura y selección que Charly empleó para el concurso, no le sonaba en absoluto ese título y asumió que era del lote de manuscritos descartados en la primera ronda.

Jones repitió la pregunta. Quería saber si Charly había entendido el mensaje.

Charly pudo haber insistido en que no recordaba la obra en absoluto, pero se arriesgó a decir que ni le había gustado ni había captado ningún mensaje. Pensó que con eso Jones se quedaría tranquilo y no lo llamaría más.

Lo sorprendió la respuesta de Jones, quien replicó con paciencia como descubriendo un secreto:

—Claro, no pudo haber comprendido el mensaje si no le gustó. Gústele y luego hablamos.

Charly quedó algo desencajado. Jones colgó sin que a Charly le diera tiempo de decirle que había destruido ya todos los manuscritos enviados, tal como rezaban claramente las bases del concurso. En realidad había despedazado ya algunos pocos en la trituradora, pero aún le faltaban muchos, entre ellos las 220 páginas encuadernadas de *El vacuo haber*. Charly se dijo que al día siguiente destruiría el resto, al tiempo que, paradójicamente, apartó el texto de Jones y lo colocó sobre su mesa de trabajo, junto a los papeles que había adelantado sobre el estudio crítico de Pinoglia.

Lo peor de las llamadas no era la sensación de acoso por parte de un desequilibrado mal perdedor, sino el hecho de que Charly perdió la concentración y el buen ritmo que llevaba en el ensayo sobre la obra de la autora de *Memorias imposibles*, *El barco de estraza* y, la aún inédita, *El sendero triangular*. Incluso sintió que hubo un retroceso, ya que no veía el modo de engranar las partes que había construido, y que si bien antes entendía como un todo armónico e innovador, ahora le parecían pedazos absurdos de una catástrofe retórica. Pensó que si Jones volvía a llamar concertaría una cita con él para golpearlo y descargar en el rostro del desconocido su frustración. Entonces trató de imaginarse cómo podía ser Jones y lo supuso de unos cuarenta y cinco años de edad, con un bigote bien cuidado y chaqueta de cuero negro. Pero Jones no llamó en los cinco días siguientes, en los cuales tampoco Charly logró escribir ni una línea más sobre Pinoglia.

Mientras deambulaba por el pasillo de biblioteca de la facultad, a Charly se le ocurrió la idea de llamar a los organizadores del concurso para ver si ellos le podían revelar la identidad del tal Jones. La idea lo entusiasmó a tal punto que olvidó su cita con Camila, una pelirroja que atendía la sección de libros raros en la biblioteca. Pero los organizadores del concurso le respondieron en un lenguaje corporativo que ya habían destruido todos los manuscritos de respaldo recibidos así como las plicas que contenían cada una de las identidades de los concursantes.

Luego de dar dos vueltas poligonales por el campus, se metió en una sala de computación para enviar sendos correos electrónicos a los otros dos integrantes del jurado preguntándoles si ellos recordaban algo de una novela presentada bajo el seudónimo Jones. Ambos respondieron esa misma tarde: a ninguno le sonaba en absoluto ese nombre. Charly comprendió que Jones lo había estado llamando sólo a él.

En la noche, Charly consideró que no tenía otra alternativa que leer (o releer) la novela de Jones. La examinó antes, abanicó sus páginas y se sintió avergonzado de buscar entre ellas un papel encartado o algo similar a "un mensaje".

Las dos primeras páginas le permitieron redescubrir lo que ya sabía: no había, al menos en esas 52 líneas iniciales, nada que lo cautivara ni que sonara prometedor. Sin embargo, hizo el esfuerzo por continuar leyendo sin prejuicios.

Aunque no terminó de leerla completa era posible resumir la trama de la historia: el profesor Octavio H. es enviado, como parte de una misión militar, a alfabetizar en español a una población rural en el punto más al sur de la frontera de Venezuela, pero al cabo de varios meses es él quien se devuelve hablando el idioma de ellos, de paso ha olvidado casi por completo su lengua natal y por consiguiente ha olvidado casi por completo el modo de ver el mundo; el contraste se trata de evidenciar más aún con el hermano de Octavio, llamado Segundo B., quien aunque es políglota no ha hallado aún el idioma adecuado para expresar algunos sentimientos que ni él sabe que siente (sic).

Luego de leer más de la mitad y dejarlo hasta ahí, el título le pareció a Charly más desagradable todavía. Consideró que lo mejor de ese manuscrito era sin duda la escogencia del seudónimo Jones.

A pesar de que le dieron una prórroga de cinco días para concluir el estudio crítico sobre Pinoglia, pues el libro ya estaba a punto de entrar a imprenta, Charly no logró terminarlo, así que la editorial optó por publicar una especie de biografía literaria sobre Pinoglia, acompañada de una breve reseña de su obra y unas cuantas páginas en blanco de cortesía. Por supuesto, Charly no se presentó al bautizo del libro, era muy grande la vergüenza y muy irrisorias las disculpas que podría dar a viva voz por no haber cumplido con la entrega del material.

Al día siguiente de la presentación de *El sendero triangular*, Jones volvió a llamar. Le dijo con tono familiar, casi reconfortante:

—Supe lo del libro de Pinoglia, me refiero a lo del prólogo. No se inquiete. Este mundo es pequeño, ¿cuántos somos?, ¿mil?, ¿dos mil?

Charly no comprendió lo que Jones pretendió decir con esas cifras, pero tampoco quiso buscarle más la lengua, así que dejó el asunto hasta ahí.

En ese instante pensó en decirle que no lo volviera a telefonear, caso contrario se vería obligado a avisar a la policía, pero la frase y la sola posibilidad de ese hecho eran tan ridículos que se contuvo. Se limitó a decirle con cortesía aunque con algo de exasperación que no tenía intenciones de hablar de su manuscrito, que para él ya era un caso cerrado.

Jones pareció no haber comprendido las palabras de Charly, porque le dijo:

—Puedo mandarle otra copia si así lo desea. Sería muy bueno para ambos que la leyera de nuevo. Hay un par de frases que creo que no se leyeron con atención en su momento, me refiero a cuando usted recibió el manuscrito por primera vez de parte de los organizadores del concurso. En fin, se la enviaré en papel a su casa, ¿o prefiere una copia digital por correo electrónico?

Charly cortó la llamada y de inmediato volvió a repicar el teléfono. Lo observó chillar sin atenderlo, como si con la vista pudiera captar las vibraciones y los mínimos movimientos de cada músculo del aparato. Finalmente cesó de sonar. Supuso que repicaría de nuevo pero no fue así. Cuando retiró la mirada del aparato y se disponía a prepararse un plato de cereal en la cocina, Charly escuchó el pitido intermitente y remoto de su teléfono celular. Era una llamada de un número desconocido, obviamente Jones. Apenas atendió la llamada, Jones prosiguió su conversación en el mismo tono en que venía hablando unos segundos atrás, como si no hubiese habido ningún bache, como si simplemente hubiese puesto pausa a una grabación y luego hubiese hundido el botón de *play*.

—¿En papel o por e-mail?

Para evitarse el riesgo de que Jones inquiriera sobre su dirección de habitación, Charly le confesó que aún conservaba su novela impresa encima de su escritorio.

Jones no se mostró ofendido de que Charly puso en evidencia que le había mentido anteriormente; se limitó a decir que igual podría enviarle eventualmente alguna carta para así evitar las llamadas, admitió que éstas podían resultar incómodas en ciertas circunstancias.

—No tengo buena letra pero me encanta la caligrafía, los sobres, los sellos, las estampillas, la espera y esa pequeña invasión a la intimidad que es el correo físico.

Más por curiosidad que por reclamo, Charly le preguntó que cómo sabía sus números de teléfonos y su dirección.

—Como le dije, creo que mil incluso es un número muy grande. Yo diría que setecientos como máximo. Somos pocos en este mundo, y eso que estoy incluyendo a gente como yo.

Charly pensó que Jones era tan solitario como él. En ese momento se acordó de Camila, de su cabellera escarlata. Empezó a masturbarse lentamente pensando en ella, recordando el día en que la acompañó en los anaqueles de la biblioteca y sintió el contacto de sus pezones blandos y posiblemente enormes y rojos como su pelo; pero eso fue hace tiempo ya, y tenía la certeza de que después del último desplante que le hizo, no se volverían a ver, al menos no mutuamente a los ojos; así que su erección se desvaneció como una pequeña montañita de arena vencida por el viento.

A la tarde siguiente le llegó una carta de Jones. No le había sido mandada por correo postal sino aparentemente llevada por un particular que la deslizó por debajo de la puerta. El sobre, sin dirección de remitente, contenía una página de bloc escrita a lápiz con una caligrafía muy ornamentada. Decía:

"Aunque sin sellos, sin estampillas y sin espera es una carta lo que tiene entre las manos. Quería redondear y reiterar la idea que he venido exponiendo quizá no con las palabras adecuadas: la novela de Pinoglia es una buena novela, de hecho es muy buena, pero sólo es una muy buena novela más. Hasta allí. Creo, con todo respeto (y hasta ahora el respeto, pese a mi insistencia, ha caracterizado esta floreciente relación entre usted y yo), que usted tomó la decisión incorrecta, no tanto en premiar la novela de Pinoglia sino en no premiar la mía, y no sólo en no premiarla (ese error es excusable), sino en no considerar hacerlo ni siquiera. Pero a estas alturas no lo juzgo; lo invito a leer mi novela de nuevo esta semana, con calma, de principio a fin. El cafetín de la escuela de Medicina donde a veces usted suele almorzar es un ambiente propicio para esta lectura. Sinceramente, Jones".

Charly no pudo evitar que una breve sonrisa se le impusiera en el rostro. Y si bien en otro momento esa carta lo hubiese llevado al colmo de la angustia, en este instante se lo tomó como un juego, a tal punto que para seguir esa corriente, tomó un bolígrafo de tinta roja y escribió al final de la carta, en letra de imprenta y justo debajo de la firma, la palabra No. Y pensó que le hubiese encantado que alguien lo estuviera viendo mientras hacía ese gesto, que lo escrutaran lentamente en un ángulo en picado y luego en contrapicado, antes de desvanecerse a negro para pasar a otra escena.

Y a pesar del no rotundo que estampó en el papel, interpretó las palabras de Jones como una especie de cita a ciegas. Así que los días siguientes frecuentó el cafetín de Medicina a la hora de almuerzo, muy pendiente de si veía a alguien diferente, aunque no sabía qué buscaba; en principio podía ser un hombre blanco, de cuarenta y tantos años, con bigote y chaqueta de cuero negra, o quizá un tipo negro, con cabello estilo afro o amarrado con una cola, quizá encorbatado, o tal vez alguien con sobretodo, sombrero y una pipa humeante.

La última vez (dentro de esta historia) que Charly fue al cafetín de Medicina, fue para reunirse con una tesista de la escuela de Letras. Aunque no era su tutor, la estaba asesorando como un favor a un colega. La chica, quizá

Rebeca o Lorena, lo mareó a tal punto que Charly se limitó a decirle que sí a todo. Ella pretendía hacer un análisis crítico de una novela que ella misma estaba escribiendo y lo que escribiera para su crítica iba a su vez a constituir nuevo material para la novela y así hasta el hastío en el montaje y desmontaje de un discurso dialógico entre la crítica como creación y la creación como crítica. La mayor duda de la prepotente y cándida Rebeca era "cómo incluir algo de Michel Fuck-off (sic)" en ese desconcierto.

Cuando la chica finalmente se fue con su docena de carpetas de colores, Charly quedó tan aturdido que sintió ganas de vomitar el almuerzo. Se apuró hasta el baño del cafetín, pero cuando se arrodilló frente al retrete se sintió mejor sin necesidad de regurgitar. El manuscrito de Jones, que recordaba haber dejado junto a su bolso en la repisa del lavamanos, ya no estaba. Salió del baño, miró alrededor y no logró ver a nadie a través de la tenue cortina de agua que estaba inaugurándose en la ciudad.

Charly estaba seguro de que lo había llevado consigo, era inconfundible ese anillado color esmeralda. De todos modos lo buscó dentro del carro y luego en su apartamento. Revolvió la mesa, papeles, libros, buscó en la sala, debajo de la cama y hasta en el baño, donde también amontonaba cierto tipo de libros, y lo único que encontraba a su paso eran los papeles inconclusos sobre el neonato ensayo sobre Pinoglia.

Los tres días sucesivos se le hicieron interminables hasta que por fin Jones lo llamó. Cuando Charly le contó del material perdido, Jones no se mostró ni sorprendido ni molesto. Dijo que se le había ocurrido algo mejor que quizá fortalecería el nexo comunicativo entre ambos. A partir de las próximas horas le comenzaría a enviar la novela por fragmentos, para así dosificar, jerarquizar y distribuir frases y momentos puntuales de su novela que, según sus propias palabras, era su primera, última y suficiente obra.

Charly se quejó. Sin decírselo explícitamente quería hacer un informe detallado de la novela, sobre todo para desprestigiarla con meticulosos argumentos académicos y así Jones se buscara otro jurado a quien molestar. Además tenía la curiosidad por saber en qué terminaba, pues no negaba la posibilidad de que en la última línea se topara con una epifanía, lo cual no querría decir que la obra tuviera algún mérito literario.

—Necesito volver a leerla para así poder evaluar la estructura, el ritmo, la evolución de los personajes; eso no puedo hacerlo en base a fragmentos. Mándamela, aunque sea por correo electrónico, y así salimos de este muerto.

Charly intuyó que Jones se ofendió en silencio; sin embargo, éste hizo caso omiso del último comentario y le replicó:

—De cualquier experiencia sólo quedan los fragmentos significativos. Es verdad que esos fragmentos, ni siquiera juntos, llegan a formar lo que fue la totalidad de la experiencia, pero sí pueden aproximarse a describirla e incluso pueden hacerse pasar por ella. Yo quería que usted me leyera completo para ver si era capaz de acceder a estos átomos de significado, pero como no me cumplió, vayamos directo al grano, a estos retazos fundamentales. Empecemos por allí, le iré mandando poco a poco.

Esta vez fue Jones quien colgó la llamada, eso sí con delicadeza y con educación.

Charly *narrativizó* los hechos y pensó que de algún modo se habían invertido los papeles. Pero luego corrigió: la verdad es que no era así. La verdad es que Jones seguía necesitando que Charly lo leyera y lo aprobara. En cambio Charly, aunque ahora quería tomarse su tiempo para releer a Jones, no lo quería hacer por necesidad, sino por capricho, por un deseo infantil de venganza, quería leerlo para diseccionarlo, desnudarlo y herirle la carne y la vergüenza.

El primer fragmento de la novela le llegó en forma de papeles adhesivos de varios colores pegados en la puerta de su apartamento. No estaban numerados, ni tenían ningún tipo de secuencia a seguir, así que los quitó y los guardó dentro de una carpeta sin preocuparse por el orden que debían tener.

Los *post-it* se repitieron a los tres días en el mismo lugar. Eran un poco más que la vez anterior (quizá unos veintitrés) pero todos de color amarillo, y cada uno con una sola palabra.

Sin mucho hincapié Charly trató de ordenarlos para que tuvieran algún sentido pero no consiguió ni una expresión coherente.

Esa noche recibió un correo electrónico de Jones que decía "Fin del primer paquete".

A través de esa misma vía Charly le respondió con una pregunta. Deseaba saber su identidad. Le "explicó" que si quería que lo comenzaran a tomar en serio debía "mostrarse" más en vez de estar jugando.

La respuesta de Jones llegó en escasos minutos. En el correo electrónico decía que la única condición que pedía para revelar su nombre era que se revirtiera públicamente el resultado del concurso. Charly le replicó que era imposible, ya habían pasado más de tres meses y la sola idea era insensata.

Charly pensó que si ese mundo era tan pequeño como decía Jones, quizá podía ser hasta alguien conocido, un escritor de renombre que estaba bromeando, acaso la misma Pinoglia a través de la voz de un hermano, su esposo o un mercenario, hipótesis que resultaba más absurda que pensar que simplemente se trataba de un ocioso resentido que aprovechaba el tiempo libre de un doctor en Letras con el cuerpo lleno de frío.

En las líneas finales de ese correo electrónico Charly lo conminó a participar en otro concurso donde quizá hallaría un jurado más benevolente y sintonizado con su obra.

La respuesta de Jones fue de viva voz a través del auricular. Antes de atender, Charly dejó que el teléfono sonara varias veces mientras se acercó a la biblioteca a servirse un vaso de ron.

A Charly le pareció que la voz de Jones se oía agotada, como la de un enfermo terminal en el límite de sus fuerzas:

—No quiero volver a pasar por esto. Ya envié mi novela a una considerable cantidad de concursos y editoriales.

Charly le protestó, trató de convencerlo de que era más agotador ese periplo de llamadas y correos que igual no lo llevarían a ningún lado.

—Al menos ya tengo algo de terreno ganado y sería tonto de mi parte retroceder en este momento. Esas puertas, las editoriales y los concursos, ya fueron tocadas y hacerlo de nuevo sería volver atrás y la idea es ir hacia el frente, hacia delante aunque sea caminando de espaldas.

El ron le estaba dando un poco de sueño a Charly, quien sin embargo seguía escuchando la voz de Jones.

Jones insistía en que lo más digno era apelar. Pero para ello necesitaba un aval, alguien con las credenciales necesarias para demostrar que la adjudicación del premio fue errada; alguien que demostrara que su novela merecía ser premiada, editada, vendida, leída, comentada, subrayada, estudiada.

Con el aliento tibio y amargado por la bebida, Charly respondió:

—¿Y si a pesar de mi respaldo no logras nada? ¿Qué más vas a hacer? ¿A cuántos más vas a llamar? ¿Harás una huelga de hambre televisada?

¿Te cortarás un dedo, la mano, las bolas? Es muy irreal, quizá con eso ganes un poco de publicidad, pero no despertarás más que un interés pasajero y fingido por tu obra.

Pero Jones no respondió y Charly tampoco agregó nada más y durante casi un minuto hubo un silencio eléctrico hasta que alguno de los dos cortó la llamada.

A los pocos días llegó al apartamento de Charly un paquete sellado. Era una caja rectangular que no pesaba gran cosa. Durante unos pocos segundos, la piel de Charly se erizó, temió encontrar allí dentro la mano de Jones, pero al abrirlo descubrió que se trataba de hojas en una carpeta. Asumió que se trataba de una nueva copia del manuscrito de *El vacuo haber*, pero cuando lo examinó bien se percató de que ese manojo de papeles contenían la transcripción de todas las conversaciones telefónicas y de los correos que habían intercambiado en las últimas semanas.

De inmediato Charly le envió un e-mail preguntándole a Jones qué hacía con todo eso, que para qué lo había mandado.

Su lacónica respuesta, en absolutas letras minúsculas, fue:

—Archívalo en el expediente —y esa fue la última vez que supo algo de Jones.

MENSAJES

Francisco O'Connor (Frank) conoció a D. Lorraine una tarde de martes frente a su tienda de cauchos nuevos, seminuevos y usados.

La historia (no los hechos) es sucinta: pese a que D. Lorraine tenía unos diez años más que Frank, éste llegó a convencerse de que D. era su hijo enviado desde el futuro para darle algún tipo de mensaje trascendental.

El polvo del desierto coriano y la monotonía de los días habían hecho de Frank un hombre con fe, que es diferente a un hombre crédulo. Se trataba de una fe respecto a ciertos fenómenos que él se creía predestinado a contemplar y eventualmente a divulgar.

Desde hacía años Frank tenía la certeza de que sería el espectador de la llegada de seres de otro planeta (no de Marte, de eso estaba bien claro). Solía tener atada a su muñeca una pequeña filmadora pues guardaba la esperanza de registrar en video el momento de su contacto con extraterrestres.

Y aunque mucho fue lo que grabó, no obtuvo resultados dignos de contar. Sólo una vez pensó que había registrado un evento valioso: una noche captó con su cámara unas sospechosas luces que en pantalla parecían danzar más allá de la pequeña meseta, pero después comprobó que aquel espectáculo visual era producto de un desperfecto en el obturador. Aunque dejó de filmar y de comprar por Internet la revista *Ufomanía*, no dejó de creer, sólo perdió el hábito de buscar evidencias, práctica que sustituyó por el hábito de estar a la expectativa y luego por el hábito del tedio.

Pero un día algo se volvió a activar en él. Ocurrió cuando estuvo en el borde una lluvia, ese decir, en el punto limítrofe donde le bastaba caminar tres metros para mojarse y cambiar de dirección para estar a salvo del agua. Buscó la filmadora y trató de registrar ese efecto pero no halló el ángulo exacto para evidenciar en la cámara esa transición súbita de un espacio seco a uno lluvioso.

No se volvió a repetir esa experiencia pluviosa, pero la misma fue suficiente para que Frank se pusiera nuevamente a esperar algo. No sabía qué era, pero en ese desconocimiento radicaba el gran poder de la obsesión.

Entonces llegó el martes en que vio a Lorraine caminar por la carretera ardiente cuyo paisaje de fondo era un desierto polvoriento que parecía devorarse a sí mismo. Frank estaba rellenando un crucigrama pero no quitaba la vista de la figura que hacía rato se acercaba a paso lento y aumentaba su tamaño y la definición de su color a medida que recortaba la distancia.

Sin saludar, Lorraine rogó por un vaso de agua, y sin responder, Frank se lo dio.

La siguiente frase de Lorraine, fue decisiva para perturbar la sepulcral paz de Frank y de sus cauchos cubiertos de polvo. Frank había preguntado: ¿De dónde vienes?, y Lorraine había respondido: No estoy seguro.

Luego de ofrecerle más agua le preguntó su rumbo, y el recién llegado le respondió que simplemente estaba buscando algo que hacer. ¿Un trabajo?, preguntó Frank. Y D. Lorraine dijo que sí, que un trabajo era buena idea mientras hacía una pausa para seguir su camino. Luego añadió que necesitaba dormir un rato. Frank le ofreció una hamaca para que la usara por diez minutos, pero el hombre quedó guindado con tal profundidad que Frank lo dejó quieto hasta el día siguiente.

Desde hacía veinte años Frank dormía en la tienda, era su hogar y su sitio de trabajo. No tenía pareja, y si acaso tenía hijos al menos no lo sabía. Tuvo dos perros. Decidió no encariñarse con ningún otro luego de comprender que no era buena idea tener perros a orilla de la carretera donde los camiones de carga no se preocupan en esquivar nada a su paso.

Antes solía caminar dos kilómetros cada tarde para regar en el pavimento algunas tachuelas de metal. Así venían más clientes a comprar cauchos. Pero una vez lo descubrieron en eso y le dieron una paliza memorable; desde entonces se limitó a mirar y a esperar a los clientes que cada día eran menos.

Ya de noche, bajo techo, desde su ventana y desde su insomnio se quedó viendo al desconocido dormido en la hamaca a la intemperie. No sentía miedo, sólo estaba inquieto por ver alterado su paisaje con la presencia de otro ser. Frank esperó a que amaneciera y a que el desconocido despertara para conversar con él y así conocerlo.

Lorraine despertó de golpe, como asustado, parecía desorientado y le preguntó que cuánto faltaba para llegar a la ciudad. Con un trozo de pan duro en la boca y una taza de café en la mano, Frank señaló algún lugar detrás de la montaña que a esa hora lucía borrosa.

Cuando Lorraine empezó su trayecto rumbo a algún lugar detrás de la montaña, Frank se le quedó viendo en detalle y le pareció que tanto los zapatos como toda la ropa eran como de dos tallas más grandes que el hombre. Frank le gritó: ¿Cuánto calza usted?, y D. Lorraine le respondió que 39 y Frank dijo: Igual que yo, le daré unos zapatos que le sirvan. Y después que se los dio, le ofreció empleo durante un mes, aunque él la verdad no necesitaba un empleado en ese momento y de hecho nunca había tenido uno.

Ese mismo día Lorraine empezó a trabajar en la tienda de cauchos. Dormía en la hamaca y los días comenzaron a repetirse para Frank pero de otra forma: el mismo silencio, pero ya no entre la naturaleza y el hombre, sino entre dos hombres.

Frank lo estudiaba sin recelo, pero sin confianza. La idea de que era su hijo venido del futuro no le pareció convincente hasta el día en que Lorraine se marchó. De hecho esa posibilidad no figuraba de primera en su lista de obsesiones, que eran más o menos las siguientes:

• Hay un día que se va a repetir eternamente, pero no hay forma de saber cuál es ese día porque siempre parecerá que ese día es uno nuevo que acaba de empezar como cualquier otro.

• La probabilidad de que seres ajenos a nuestro Sistema Solar viajen y se establezcan en nuestro planeta es la misma probabilidad que tenían los europeos del siglo XV de cruzar el océano Atlántico y toparse, en su camino hacia las Indias, con un continente desconocido para ellos.

• La vida cotidiana es un sueño producido artificialmente por una entidad de poder que puede ser: Dios o una corporación telemática.

• Uno puede estar ya muerto y no saberlo.

• En tres mil años se inventará una tecnología que permitirá viajar al pasado. De ser así, entonces los viajeros de ese futuro podrían traer al pasado la fórmula para viajar en el tiempo y la invención de esa tecnología no tendría entonces porqué demorar tres mil años.

• Podemos reencarnar muchas veces, pero siempre vamos a nacer a la misma hora del día.

La variación de sus creencias estaba mediada hasta cierto punto por el tipo de películas o series que estuviese viendo en la televisión en esos días. Por supuesto que Frank no creía en más de una de estas premisas al mismo tiempo. Ello sería un exceso de fe similar a la locura.

Un día Frank le comentó a D. que no confiaba en los bancos y que estaba ahorrando por su cuenta todo el dinero que podía. En algunos años esperaba poder dejar el negocio y mudarse a otro lugar, a una isla pequeña en la que el azul del mar sustituyera al gris desierto. No le dijo que su verdadero motivo era otro: que el mar es más propicio para toparse con fenómenos extraños.

Lorraine le recomendó que nunca lo hiciera, que por ninguna razón se mudara a una isla. El mar es peligroso, le dijo en tono admonitorio.

Otro día Lorraine aseguró, contra todo pronóstico, cuál sería el equipo ganador de la final de béisbol de ese año. Frank le preguntó: ¿Cómo lo sabías? Simplemente lo sé y ya, respondió D. Lorraine, sin arrogancia.

Otro día Lorraine le preguntó a Frank si tenía hijos o familia. Frank dijo que no y Lorraine le dijo que era cuestión de esperar, pero seguro tendría un hijo. Frank impulsivamente le preguntó: ¿Hembra o varón?, y Lorraine respondió: Y yo que sé, pero al rato agregó (de nuevo sin arrogancia): Seguro será varón, se te ve.

Otro día Lorraine dijo mientras cambiaban un caucho a un cliente: Los mejores consejos son los de los extraños.

Después, una noche, fue cuando Frank se puso a sumar: la misma talla de zapatos, la manera enigmática de D. para hablar, la torpeza de D. para manipular el horno microondas, el control remoto y otros artefactos "modernos" de uso cotidiano, el mismo gusto de ambos por el café sin azúcar, la misma forma de cruzar los brazos.

También pensó que D. se movía con mucha pausa, como si tratara de evitar matar alguna mosca por accidente, como si temiera alterar en lo más mínimo el entorno.

Sin poder dormir, Frank vigilaba la hamaca de Lorraine, muy quieta. Se puso a pensar: si este hombre tiene diez años más que yo y es mi pariente, mi hijo o por ejemplo, ¿en qué año nació o nacerá? Buscó un bolígrafo dentro su cuaderno de crucigramas y se puso a sacar cuentas, pero se quedó dormido sin resolver el enigma.

A la mañana siguiente Frank se despertó dispuesto a enfrentar a D. Lorraine, de quien no sabía ni siquiera cómo se escribía su nombre. Pero la hamaca de D. estaba vacía y no había rastro alguno de él. Tampoco había rastro de la cajita de metal donde Frank guardaba todo el dinero que había ahorrado en los últimos años.

Con el corazón acelerado y las venas del cuello hinchadas, Frank avanzó tambaleándose hacia la hamaca y se recostó un rato. El ruido de los camiones en medio del silencio del desierto era el mismo de siempre. Ya más calmado, pensó, con arena en la cara, que el destino se había cumplido felizmente aunque aún no sabía cómo ni para qué.

CASI A RAS DEL SUELO

Por las tardes, en aquellos días donde el vandalismo castrense y la cacería se practicaban con igual esmero, nos escabullíamos a través del sendero verdioscuro del patio. Estábamos obstinados del encierro, así que cualquier intento de paseo era una aventura invaluable.

Algunas hojas caídas prematuramente crujían bajo nuestros botines; nos encantaba pisarlas con meticulosidad y escuchar ese sonido cruel de huesos vegetales triturados. Con ayuda de un pipote volteado pasábamos al otro lado de la cerca y luego corríamos en competencia hasta la orilla del lago. Yo siempre llegaba de segundo, jamás de primero o de tercero. El ganador tenía derecho a dos galletas adicionales que previamente le habíamos robado del horno a la señora Rosario, aún crudas. Nos quitábamos los botines para airear los pies, comíamos las galletas y después cazábamos lagartijas y polluelos desamparados con nuestras mortíferas cerbatanas.

El lago siempre era el mismo, de noche, de tarde, en invierno, en verano (no como otros lagos que en la noche son abismos sin fondo o que en invierno son espejos), siempre una invariable superficie mansa de color gris pálido. Parecía no envejecer, al igual que nosotros que tampoco cambiábamos. La señora Rosario era la única persona que nos decía a cada rato: ¡qué grandes están estos niños! Pero nosotros nos sentíamos igual de pequeños que siempre. Según vemos, la señora Rosario ha crecido al revés; lo comprobamos a través de una foto sepia de hace muchos años donde ella era bastante más grande que ahora; con el pasar de los años se ha ido achicando, comprimiéndose. Se ha reducido hasta convertirse en una pequeña pasita blanca.

Una pasita blanca que olía más bien a canela, a perfume dulce, a galletas calientes que le sacábamos del horno antes de que estuvieran listas porque crudas y robadas eran triplemente deliciosas. Nos las comíamos en las tardes, a orillas del lago gris pálido, asegurándonos de no desperdiciar ni una sola miga.

Después, con las panzas llenas de harina y manteca, nos dedicábamos a cazar lagartijas. Y, siempre, antes de que anocheciera, mientras unos jeeps color oliva se aproximaban, nos trepábamos al árbol más alto del que no podíamos volver a bajar; nos quedábamos allí, en una de sus ramas, colgados por el cuello con nuestros cinturones de cuero marrón que hacían juego con nuestros botines. Ya sin gritos ni risas, mientras el ruido de los motores se desvanecía, nos íbamos poniendo helados, pálidos y azules, los ojos serenos, y los cuerpos tiesos.

Cada vez que la señora Rosario nos encontraba, ya entrada la mañana, pegaba un grito horroroso de espanto antes de desmayarse. Su piel copiaba el color de la nuestra y sus ojos nuestra forma de mirar.

Los pájaros, siempre los mismos, huían asustados en caótica desbandada. Un viento suave y tibio hacía balancear nuestros cuerpos casi a ras del suelo.

VICTORIAS MÍNIMAS

Kim nunca había recibido un sobre, mucho menos una carta. Su experiencia con el correo físico se limitaba a rasgar, arrugar y arrojar en cualquier lugar los esporádicos estados de cuenta bancarios y la impersonal publicidad no deseada. Hasta ahí todo bien, casi nadie en el siglo XXI (salvo los embajadores y los amantes nostálgicos) recibía cartas.

Kim, además, tenía varias semanas sin intercambiar palabras con nadie, ni por teléfono, ni por *chat* (salvo con el gordo Mota), ni por e-mail, ni cara a cara. También tenía varios días sin cepillarse los dientes y sin afeitarse el rostro, pero eso no importaba porque Kim era casi lampiño. Y como siempre tenía las fosas nasales tapadas, ni su propio olor, ni el de la habitación, repleta de latas de Pepsi, de envoltorios de nachos y de envases de sopa para microondas, lo estorbaba en lo más mínimo.

A pesar de su carácter a veces huraño y de su torpeza para el trato con desconocidos Kim era lo que en la universidad llaman un buen prospecto: notas sobresalientes, ensayos impecables, tesis de grado excepcional. Sin embargo, un día después de haber recibido el título con letras góticas que lo acreditaban como licenciado en Literatura no tenía la menor idea de qué hacer con su vida.

El dinero que le había enviado su papá le alcanzaba para seguir alquilando el anexo donde vivía unos tres meses más. Kim decidió invertir ese tiempo extra en tres proyectos que tenía pendiente desde hacía rato: distanciarse de sus pocos amigos, jugar toda la saga de *Resident Evil* en su Play Station 2, y releer todo lo que había leído de Dostoievski, combinación que a él, en cierto modo que no era capaz de explicar, le parecía asonante pero justa.

La carta que recibió, digamos su primera carta, había sido introducida por debajo de la puerta del anexo. Al tomarla entre sus manos le pareció que estaba impresa en un papel demasiado blanco, áspero pero inmaculado, se le ocurrió que era un papel hecho de leche. Estaba escrita en inglés y tenía un membrete de la Universidad de Texas, la de El Paso. El texto anunciaba la concesión de una beca total para un diplomado de traducción literaria al que lo había postulado su Facultad meses atrás. Era una carta que no esperaba, así que no supo como tomarla. La dobló sin releerla, la guardó en la página 380 del amarillento volumen de *Los hermanos Karamazov*, y continuó combatiendo a la Corporación Umbrella.

Hacia las ocho de la mañana del día siguiente, cuando era su hora de acostarse, releyó de nuevo la carta. Luego de varias semanas de trámites engorrosos hizo una maleta de libros y otra de ropa. Tuvo que vender el PS2 (no se atrevió a resetearle la memoria llena de insignes hazañas e innobles victorias) y la vieja moto para ayudarse con la compra del pasaje. El dinero sobrante lo cambió en el luminoso mercado negro por unos cuantos dólares, que apenas le servirían para nimios gastos durante el inicio de su nueva etapa de sobrevivencia. A su papá sólo le dijo en lacónicas palabras que había conseguido un trabajo en el Norte, información que resultó suficiente para éste, pues no preguntó si su hijo se refería a un bar llamado El Norte, al norte de la ciudad, al norte del país, al norte del continente o al norte de las expectativas prefiguradas por su tradición familiar.

Salvo esa llamada telefónica, Kim se embarcó sin decir nada a nadie en la universidad, ni mucho menos en la residencia donde estaba su anexo, el cual abandonó la madrugada de su vuelo debiendo dos meses de alquiler. Sólo avisó en persona al gordo Mota y, mediante un mensaje de texto, a Susana, una antigua novia que probablemente ya no lo tenía registrado en sus contactos.

Uno de los más vivos y gratos recuerdos de su pasado reciente en su país natal fue cuando se estaba quitando la correa al pasar por el detector de metales del aeropuerto. El resto lo fue borrando poco a poco, archivo tras archivo, mientras el avión se alejaba de las costas de Maiquetía.

Años atrás había estado en Houston y en Los Ángeles, quizá por ello no sintió que empezaba una nueva aventura en un lugar lejano. De hecho le pareció que su propio país le era más extraño que este estado ex mexicano cuyo singular trazado cartográfico, similar a ciertas repúblicas forzosamente artificiales de África, siempre le había llamado la atención.

Solamente se presentó en la universidad las seis primeras semanas. El campus, las aulas y la residencia, lejos de estimularlo y hacer resucitar a quien fue un notable estudiante, más bien lo distanciaron de su pasado lleno de logros académicos. A pesar del bullicioso olor a espíritu joven, le costó retomar el ritmo de las lecturas guiadas y de la rendición de cuentas mediante ensayos de quince cuartillas a doble espacio.

Su mayor descubrimiento en esta etapa no fue el entrar en contacto con otros latinoamericanos que traducían copiosamente las obras de sus coterráneos a la lengua de Steinbeck; para él, lo novedoso fue encontrarse con un club de lectura que leía a Robert Howard, escritor texano, creador de *Conan El Bárbaro*, al que Kim sólo conocía en su versión cinematográfica.

Sin embargo, pronto lo aburrió el club, porque sus miembros se mostraban reacios a hablar de las versiones fílmicas. Si siguió asistiendo a las reuniones fue porque se había enamorado a segunda vista de una mexicana llamada Amanda, quince años mayor que Kim, y que ni siquiera se habría dado cuenta de su presencia si no fuese por sus impertinentes comentarios y por una estridente franela con la cara de Arnold Schwarzenegger que Kim empezó a llevar a las reuniones del club.

A su residencia estudiantil le llegó otra carta con el membrete de la universidad. En esta misiva le interrogaban con incisiva cortesía sobre sus repetidas ausencias, le recordaban algunos artículos del reglamento de asistencias y le manifestaron que estaban en la disposición de etc. Sin analizar su situación, Kim sólo pensó que el papel de las cartas de la universidad tenía una textura similar a la de los billetes de dólar.

Aunque lo inquietó, esa hoja impresa no lo hizo retornar a las aulas. Toda su concentración estaba puesta en la mexicana de negra cabellera brillante que lo ignoraba. La tarde de la carta, Amanda no asistió a la reunión del club. Kim creyó escuchar que ella y su grupo solían frecuentar un bar llamado Toole, cercano a la avenida Coffin, nombre que a Kim le pareció terrorífico desde la primera vez que lo vio escrito en los rótulos de tránsito.

Con el sol muriendo en púrpura Kim recorrió varias cuadras sin encontrar ningún bar llamado Toole, ni Tool, ni nada que le sonara similar. Apelando a su séptimo sentido se aventuró a un *pub* ubicado en el sótano de un pequeño edificio de oficinas. El local no tenía nombre, lo cual para Kim era un indicio de que había dado con el lugar correcto.

Mientras bajaba las escaleras, el rumor del bar le hizo entender a través de su octavo sentido que ese no era el sitio que buscaba, que allí no hallaría a Amanda, a ninguna otra estudiante, ni a ninguna mujer moderadamente bella. Sin embargo siguió la inercia del movimiento rumbo a la puerta. Por acto reflejo se palpó los bolsillos y constató que tenía 20 dólares en el bolsillo derecho y 50 bolívares en el izquierdo.

Empujó la puerta de vidrio con la punta del zapato. Aunque la goma lateral de la suela estaba inmunda, la punta de gamuza parecía inmaculada, o al menos esa fue la impresión que le dio en ese momento. La puerta volvió a cerrarse tras de sí y buscó sin éxito un asiento en blanco en alguna mesa.

Aunque el local no daba la idea de estar repleto, tampoco había ningún asiento libre. Calculó inútilmente, como le gustaba hacer a veces, que el bar tenía capacidad para unas siete mesas adicionales con cuatro o cinco sillas cada una, lo que permitiría incrementar el aforo en hasta treinta y cinco consumidores. Ese mal uso de los espacios en blanco daba la impresión de que el bar estaba vacío al tiempo que no había ningún asiento disponible.

En la barra había un gordo de pantalón de gabardina cuyas nalgas chorreaban sobre el borde del taburete. Cuando el gordo se levantó y salió del bar, Kim aprovechó el turno y se apoderó del banco aún tibio.

"Hey, Llou, tres más", ordenó una voz sedienta y ebria desde el extremo más oscuro de la barra. Y entonces Llou (que así se pronunciaba mas seguramente no se escribía el nombre del cantinero) deslizó tres Budweiser, una tras otra, sobre la barra grasienta; las botellas parecían competir entre ellas, pero sin chocar y sin variar el orden en que habían sido lanzadas. Después que llegaron a su meta, Llou se secó las manos con un trapo de pelos grises, lo hizo de un modo que parecía que en vez de limpiarse las manos con el trapo, limpiaba el trapo con sus manos.

En la barra Kim era flanqueado a la derecha por un enfluxado de barba, y a la izquierda por una flaca de ojeras violeta. El enfluxado levantó con pesadez su vaso vacío y Llou le echó un chorro de ron Havana Club.

El enfluxado de barba se mostró interesado en buscar conversación; así que Kim le contó que estaba trabajando en un proyecto de traducción de jóvenes poetas polacos que escribían desde Nueva York en la lengua de Melville. Kim no sabía si se hacía entender, sobre todo porque el enfluxado de barba parecía que estaba bebiendo desde hacía al menos 72 horas. La flaca que estaba al lado los escuchaba; aunque estaba muy mareada, con los ojos desorbitados y hablaba un inglés tan incorrecto que al letrado Kim le costaba comprender del todo, quiso saber más sobre él y sus poetas polacos newyorkinos. Cuando Kim trató de reanudar la explicación, ella le preguntó si él era polaco. La respuesta de Kim fue una sonrisa risueña que sus interlocutores interpretaron como un sí, o como que Kim estaba drogado al igual que todos los descarrilados muchachos universitarios de hoy en día.

El enfluxado le pidió más ron a Llou y también "una poca de ron para el amigo polaco", dijo en imperfecto español y luego explicó que vivió varios años en México pero ya no recuerda qué era lo que hacía allí.

Llou trajo la botella de mala gana, casi se podría decir que con asco rabioso. Kim le hizo una seña de alto a Llou con la mano derecha. Llou comprendió y guardó la botella también de mala gana, como si le hubiesen hecho perder los minutos más valiosos de su vida y ahora no hubiese más remedio que limpiar el trapo con sus manos.

—Una Pepsi —le pidió Kim a Llou, quien frunció todavía más las arrugas del rostro.

—¿Qué?

—Una Pepsi —repitió Kim más lento.

Llou, fastidiado, le dijo que no entendía y que mejor pidiera otra cosa, o se tomara el Havana Club o se fuera al carajo. Pero Kim volvió a insistir con lo de la Pepsi.

—Una Pepsicola. Pep—sic—ola.

—A ver, escríbelo aquí polaco —y le extendió una servilleta y un bolígrafo.

Kim comenzó a escribir peps, se detuvo y empezó de nuevo con letra de molde y de mayor tamaño. Llou tomó la servilleta y le dio varias vueltas como si no entendiera qué tipo de objeto era esa cuadrícula suave y blanquecina, la deshizo en pedazos con una sola mano y la tiró sobre la barra.

—De todos modos no sé leer —dijo Llou con cierto orgullo.

Kim le preguntó al enfluxado de barba si aquello se trataba de una especie de broma de bienvenida. Su respuesta, secreta y trémula, fue que ni a Llou ni al hermano de Llou le agradaban los polacos, ni los mexicanos.

La flaca de ojeras se ladeó hacia el hombro de Kim, le mostró unos dientes amarillentos y torcidos, se le acercó un poco más y le vomitó una baba acaramelada encima de las piernas y los genitales. Llou miró al polaco con desprecio como si él fuera el culpable de los asuntos gástricos de la flaca de ojeras, y murmuró: "polaco de mierda". La flaca cayó al piso, escupió un poco más de espesa bilis, se levantó y se arrastró encorvada hacia el baño de mujeres. Con los restos de servilleta que decía pepsicola, en supuesta caligrafía polaca, Kim trató de limpiarse la entrepierna; pidió otra pero Llou se la negó:

—Al menos que la compres, el tío Llou no puede andar regalándole servilletas a todos los polacos que se ensucian.

Una voz anónima y desganada conminó a Llou a que siguiera llenando vasos y parara de hablar.

Kim no comprendía y hasta le parecía que la situación tenía algo de divertida. Cuando decidió buscar a Amanda en un bar desconocido buscaba también, de algún modo, un tipo de aventura, y allí la estaba teniendo.

Justo cuando Kim se proponía levantarse para irse a asear, sintió en su hombro el peso de una mano de dedos macizos. Al voltearse, Kim reconoció al gordo que había salido del bar hacía rato y que en un pasado que le parecía remoto ocupaba el banco en el que a Kim le habían negado un refresco, lo habían vomitado y lo habían llamado polaco de mierda. El gordo le preguntó qué hacía sentado en su puesto.

—Cuando llegué estaba vacío —murmuró Kim en el mejor inglés que le permitían sus cuerdas vocales; y aunque no fue capaz de dominar el temblor de su voz, se esforzó por mantener un semblante digno mientras recordaba uno de los laberintos de *Resident Evil III*.

El gordo tomó a Kim por el hombro, apretándolo progresivamente. Tenía los nudillos poblados de rubios pelos revueltos. Su aliento olía a maní con vinagre, aunque eso no lo sabía Kim, porque sus fosas nasales eran poco receptivas.

Un viejo le gritó al gordo que Kim era polaco, y de inmediato un cubo de hielo, que dejó una estela de frío al rozar la oreja de Kim, se estrelló con apagada violencia en la barra.

El enfluxado de barba le dijo en voz baja al polaco que mejor se fuera de allí.

—¿Qué demonios hablas tú ahí? —le gritó el gordo.

—Nada, Máquina, nada.

Kim no pudo aguantar la risa al escuchar el apodo del gordo de la barra, y dio el primer paso para irse del local.

—Tú no vas a ningún lado pedazo de mierda. Ahora vas a ver quién es Máquina.

Lo tenía agarrado por el cuello de la camisa, lo manoseó con asco y lo soltó con desdén.

Llou le dijo a Máquina, guiñando un ojo, que no quería otro muerto en el bar.

También guiñando un ojo, Máquina se quitó la chaqueta de cuero que llevaba puesta y dejó al descubierto una franela blanca con un logo circular, mitad rojo, mitad azul, que en el medio decía pepsi. Kim le señaló la franela a Llou y Llou soltó una carcajada amarga que más bien parecía un gruñido a causa de un agudo dolor intestinal.

—Si quisiera golpearte duro lo haría, pero ahora estoy cansado —dijo Máquina, y se sentó sin importarle que hubiesen pequeños rastros de vómito en el banco.

Kim abandonó el bar sin quitarle la mirada a Máquina, quien ahora bebía cerveza espumosa de un jarro enorme y se reía con Llou.

Llovía y Kim permitió que el agua de lluvia lavara sus pantalones sucios y su cuello sudado. Luego caminó hacia lo que él creía que era el Norte de la ciudad mientras se le mojaban los Adidas en los charcos frescos que reflejaban las bombillas de la avenida.

En un semáforo se topó con la flaca de ojeras que lo había llenado de inmundicia. Parecía estar un poco más sobria; las gotas de lluvia la hacían ver como pixelada. Sin duda se veía mejor así. Le pidió disculpas por la vomitada, le dijo que ella no hacía eso con frecuencia, así que Kim asumió que quizá no era la primera vez que ella vomitaba sobre la entrepierna de un desconocido.

La flaca lo invitó a asearse como es debido, era lo menos que podía hacer por él. Le dijo que podían ir caminando hasta su apartamento; le tenía fobia a los taxis, además eran caros.

Anduvieron más de media hora, escampó, y la visión de los edificios y autos recién lavados reconfortó a Kim. La flaca parecía mareada, pero más por falta de sueño o de vitaminas que por el efecto del alcohol. Ella se mostró interesada en saber donde quedaba Polivia y cómo era Polinesia, polaco.

Sin realizar ninguna aclaratoria, Kim se limitó a decir que en su país hacía calor todo el año.

Después de eso caminaron sin hablar como dos desconocidos que llevan la misma ruta; y eso es precisamente lo que eran.

Ya Kim estaba cansado cuando la flaca suspiró diciendo que habían llegado. No se veía ningún edificio, casa o tráiler, pero Kim entendió lo que ella quiso decir al ver la parada de transporte público. Mientras esperaban el autobús Kim se acercó a un quiosco de revistas que estaba por cerrar y pidió una Pepsi. Aunque el vendedor le dijo que estaban calientes igual compró una y la bebió de dos tragos. Estrujó la lata y la arrojó lo más lejos que pudo, por encima de un estacionamiento cercado. Kim comenzó a dar eructos fuertes que hacían reír a la flaca. Mientras se devolvían a la parada de autobuses, Kim le mostró el billete de cincuenta bolívares. La flaca dijo que era bonito, que era un verde diferente.

Se bajaron en la última parada y entraron a un edificio descascarado. La flaca se disculpó por el olor a orines que reinaba en la planta baja del edificio. Aunque Kim no podía oler igual agradeció el dato.

Subieron dos pisos de escaleras muy largas, como si en vez de dos hubiesen subido cuatro pisos. Sin embargo los apartamentos más bien tenían el techo bajo.

—¿Champagne? —interrogó entre risas la flaca mientras abría la nevera.

Kim preguntó por el baño y fue a lavarse la cara, las manos y los pantalones. Se restregó sobre la tela del bluejean la barra de jabón hasta formar una espuma azul que luego quitó con agua.

La flaca le toc–toc–toc la puerta y Kim le abrió con lentitud. Estaba desnuda con las dos botellas de cerveza apretando sus pequeñas tetas pálidas y fofas. Tenía un pezón mucho más oscuro que otro. Su panza fláccida, con el ombligo bordeado de algunos gruesos vellos negros no era muy estimulante. En todo caso, Kim pensó que era mejor que nada.

—Lo único malo es que están calientes, pero ya me acostumbré a tomarlas así desde que se dañó la nevera —dijo la flaca agitando las botellas.

Kim empezó a desvestirse, no como quien se dispone al acto sexual sino como quien se quita la ropa para ponerse la piyama; la flaca le hizo una seña para que entrara a una habitación que, en vez de puerta, tenía una cortina de retazos.

Allí, dentro de una cuna forrada con periódicos viejos y portadas de revistas había un bebé desnudo de unos diez o doce meses. Mientras Kim se sacaba las medias empapadas la flaca trató de sintonizar una emisora en la radio.

El miembro de Kim colgaba sin vida, la flaca se lo besó hasta que poco a poco fue cobrando el vigor suficiente para llenarle la boca de 100 cc de un esperma traslúcido lleno de grumos. Después escucharon música y bebieron cerveza caliente durante un rato. La flaca preparó un par de pitillos con conchas de cambur tostadas. Ella le dijo que se acostumbrara a eso si se iba a quedar allí, fue lo que medio entendió Kim.

El bombillo y la radio cesaron de repente.

—Siempre pasa, al menos dos veces a la semana. Por eso fue que se dañó la nevera. Espérame que voy por una vela —la flaca volvió con la luz envuelta en las manos y la colocó en el suelo.

—No alumbra mucho —dijo.

—No importa. Así te ves mejor flaca. —Ella aceptó de buena gana la ironía, lo abrazó y se recostó sobre su pecho.

—Polaco, no te gustaría que…

—No me digas más polaco.

—¿Cómo quieres que te llame polaquito? —le dijo la flaca mientras se mordía las uñas.

—Mi nombre es Kim. Pero siempre he querido llamarme Sam Davis.

—¿Te puedo decir entonces Sammy?

—Sí, Sammy suena bien.

—¿Y a Carlitos lo puedo llamar Carlitos Davis?

—¿Quién es Carlitos? —preguntó el polaco Sam Davis a.k.a. Kim y la flaca le señaló la cuna de periódicos.

—Ah, sí, está bien, como quieras.

—Sammy, ¿quieres que te lo vuelva a besar? —le dijo la flaca con una sonrisita entre tierna y sexy.

Carlitos Davis despertó y empezó a llorar. Kim se dio la vuelta, y reunió en un bulto la ropa que se había quitado. Palpó en el bolsillo de su pantalón sus billetes y su pasaporte húmedo; cerró los ojos y le respondió ya sin ánimos de más nada al menos por esa noche:

—Más tarde, más tarde.

EL PROTOCOLO D

Reitero nuevamente que las recriminaciones que se me hacen por una supuesta negligencia en la aplicación del Protocolo D carecen de todo fundamento. Los registros extraviados, los expedientes adulterados y las imprecisiones de las acusaciones en mi contra son prueba de ello.

Desde hace siete años, cuando fui ascendido al puesto de operador, he demostrado, con el mayor fervor ético y corporativo, mi disposición a cumplir a cabalidad cada una de las prescripciones del Protocolo D. Incluso, más allá de mi responsabilidad inmediata, he velado porque otros cumplan los pasos del protocolo con el debido apego al manual de normas y procedimientos.

Aunque se ha hablado extraoficialmente de suprimir del protocolo algunos parágrafos que resultan arcaicos e innecesarios debido a los avances tecnológicos recientes, es más que notorio que he sido defensor de cada uno de los procesos contemplados en él, pues mientras no se activen formalmente los mecanismos legales para su modificación considero que es nuestra obligación atenernos a los procedimientos vigentes.

No han sido escasas las risas de los más novatos quienes se sorprenden cada vez que yo me niego a empezar un protocolo si los guantes no son color marrón caoba (no beige, ni crema) como se deja en claro en el apartado 13-6.

Sus deplorables risas son equivalentes a mi desasosiego cuando veo cómo estos neófitos se niegan, por indolencia o por mediocridad, a pulir el lazo de cuero antes de empezar un procedimiento. Aducen, y soy el primero en lamentar declaraciones de este tipo, que si el lazo de cuero ya fue limpiado por el predecesor que lo acaba de terminar de usar no hay necesidad de limpiarlo nuevamente. Se burlan sin saberlo, o a sabiendas (no sé que es peor) del apartado 8-7 que establece, sin ambages, que el lazo debe limpiarse y pulirse (nótese la diferencia de verbos) antes de iniciar una operación y también al concluirla.

Pudiera enumerar una serie de desacatos al protocolo y puedo asegurar que más de la mitad de los que están en esta sala han incurrido en alguna de estas fallas: calibrar la iluminación por encima o por debajo de los límites establecidos, no verificar las paredes insonorizadas antes de un procedimiento clase B (y todos sabemos el desastre que puede ocasionar si uno de los reos tipo IV llega a escuchar los ruidos circunstanciales de un procedimiento clase B antes de que se le aplique a él), esterilizar de manera inapropiada el material quirúrgico, demorarse en archivar el material audiovisual correspondiente a cada procedimiento, rotular el envase de uñas con el color que debe usarse para firmar el acta, cerrar los ojos de un reo anulado y, peor aún, mirar a un reo a los ojos en cualquier fase del procedimiento.

En los últimos meses he visto a reos tipo VI con uniformes de reo tipo VII y el argumento que me han dado los custodios es que ese detalle no importaba porque tenían el mismo destino. ¿No es acaso una burla descarada al protocolo que tanto desvelo, verbo y sudor les costó a los fundadores de nuestro sistema? ¿Acaso sólo estamos hablando de resultados? ¿Acaso olvidamos que cumplir el protocolo es también cumplir nuestro destino como institución? ¿Olvidamos que se trata de escribir nuestra Historia sobre líneas derechas?

Recuerdo que una vez, antes de entrar a una sala para ejecutar un procedimiento, el operario de máquina, quizá por impaciencia o quizá por un olvido involuntario (que igual no lo excusa), dio dos pasos rápidos y entró antes que yo a la sala. Me vi obligado a firmar un acta de postergación. El operario se sorprendió de mi actitud y le recité de memoria el apartado 12-5, referente a la forma y estilo de entrar en las salas de procedimientos: "El operario de máquina debe guardar una distancia del operador de más de un metro y no más de dos metros durante el trayecto a la sala de procedimientos y debe entrar a la sala únicamente cuando el operario ya lo haya hecho. Debe esperar a que el operario de una vuelta de 180 grados y le indique con un gesto discreto que ya puede hacerlo. El resto de la comitiva debe…"

Podría seguir enumerando desatinos hasta el alba; mi pulsión por enmendarlos son constancia palpable de cómo he luchado en estos espacios para que se siga cumpliendo el protocolo.

No han sido pocas las veces que he visto a los más jóvenes, con sus franelillas púrpuras, derramar lágrimas al momento de tener que ampliar o reestructurar una fosa, y mi severidad ha sido de hierro al momento de reprenderlos por su insensato sentimentalismo. Y sé (sabemos) de supervisores que están al tanto de estas irregularidades y no han movido un dedo siquiera para señalarlas, mucho menos para corregirlas y castigarlas como es debido.

Es sabido por muchos de los aquí presentes que en una ocasión tuve una airada discusión con un superior, quien consideraba que una celda de las llamadas *Devance* eran iguales a las celdas llamadas *Alda*, pues sus dimensiones, colores y mobiliarios eran exactamente los mismos, además de que ambas tienen orientación al sureste y el tipo de vigilante asignado a cada una de ellas es de la misma clase. Si bien las razones que en ese entonces argüía mi superior (cuyo número me reservo) eran ciertas, no constituían un argumento sólido; pues aceptar que una celda *Alda* era igual a una *Devance* sería negar el protocolo en su esencia taxonómica y jerárquica, sería tan desatinado como decir que un 31 de mayo es igual a un 2 de julio si se da el caso que, por ejemplo, en ambos días ocurren los mismos sucesos atmosféricos.

Soy del grupo (selecto y escaso) que consideran que el protocolo D no se hizo para discutirlo sino para aplicarlo tal cual fue diseñado.

Y, subrayo que no se trata de un tema de sacralización, se trata de un tema de efectividad y de comunidad. La corporación nació con el protocolo y se ha mantenido durante décadas porque el protocolo estructura no sólo los procedimientos sino nuestra identidad.

Con estos ejemplos no pretendo vanagloriarme, no considero que por el hecho de cumplir a cabalidad las normas sea un operario sobresaliente, sino simplemente correcto, como hay que ser. Tampoco pretendo ahondar en este espacio respecto a las razones (oscuras) por las que se me pretende remover de mis funciones y manchar mi expediente con ignominias desaforadas. Allá ellos (ustedes saben quienes son) y sus juegos de poder.

Hago público que se me ha ofrecido negociar bajo cuerda para que la aplicación del reglamento disciplinario sobre mi persona se ejecute de una forma menos severa y que se atenúen las medidas punitivas que corresponden al caso. Ceder aunque sea un ápice a esa aberrante propuesta sería admitir que hubo un error procedimental de mi parte en la aplicación del protocolo D; de hecho sería burlar la Ley, lo que daría pie a que se piense que si violo la Ley sería también capaz de burlar el protocolo. Es mi rectitud lo que pretendo resguardar; no busco evitar el castigo. Es el Protocolo D lo que aspiro defender y no a un simple mortal ejecutor de sus preceptos.

Quienes tengan una memoria ecuánime deben recordar aquel infausto mes de abril cuando un grupo de revoltosos empezó a sugerir que la corporación debería pedir disculpas públicas cada vez que el Protocolo D se aplicara sobre un reo cuya culpabilidad no fue probada. Y todos los aquí presentes celebraron mi puño y mi verbo para desarticular a esos obscenos.

Al protocolo no le interesan elucubraciones, le atañe, como todos acá deben saber, la aplicación irrestricta de cada uno de los procedimientos señalados, está más allá del sujeto y del objeto. Aunque suene romántico me gusta decirlo así: el protocolo D es un destino, se cumple, no se cuestiona; el protocolo D es el tiempo, simplemente pasa.

Admito que en algún momento de mi juventud yo decía, adolescente al fin, que la D del protocolo D significaba Dios, que la D del Protocolo D significaba Destino, que la D del protocolo D significaba Dureza, cuando todos sabemos, sin que ello se pueda cuestionar, que la D del protocolo D significa Victoria.

Para cerrar (y esto lo digo sin el espíritu del derrotado *a priori*, sino con el espíritu del vencedor *ad infinitum*), si por alguna razón mi condición de persona se ve modificada o reducida por el veredicto de este juicio, únicamente exijo, y es un compromiso moral de ustedes hacerlo así, que mi "acomodo" se cumpla apegado al protocolo D en cada una de sus pautas.

LA CAJA

El segundo fue de esos aniversarios en los que se
brinda con una sonrisa de músculos tensos y las
copas se chocan con suavidad para evitar
romperlas, y así no tener que recoger restos de
nada más. La celebración fue organizada por
amigos cercanos de Antón y Gabriela, no tanto
por el deseo de conmemorar sus dos primeros
años de matrimonio, sino sobre todo porque
querían una excusa para reunirse a beber, comer y
escuchar música de acetato en una auténtica
rocola que los abuelos de Antón le heredaron con
cierto recelo.

Desde hacía varios meses Gabriela y Antón se
habían estado distanciando como dos masas
continentales, lentas pero firmes en su resolución
de buscar un mar propio que las rodeara. El
silencio se fue espesando en las milimétricas
grietas de las paredes y de los objetos hasta el
punto de insonorizar toda la vivienda. Hasta el
gato había dejado de maullar y, aparte del eventual
murmullo de la tele, la melodía característica que
musicalizaba sus vidas era el pitido intermitente
del motor de la nevera que cada tantos minutos
reiniciaba sus ciclos de refrigeración.

Antón no era un hombre de buen o mal
beber, así que ni siquiera consideró los bares
como posible trinchera. Prefirió refugiarse dentro
de los paneles de acrílico azul que segmentaban
los cubículos de su oficina; así que se iba bien

temprano al trabajo y regresaba lo más tarde que podía. De ese modo sólo restaban los fines de semana para reposar el tedio marital en medio de prolongadas siestas vespertinas y un zapping angustioso.

Dicho del mejor modo posible, Antón tenía una mierda de empleo, tan funesto como cualquier actividad cuyo fruto sea un salario dos veces al mes por estar ocho horas diarias haciéndose el muerto frente al monitor de una computadora. Cada tarde llegaba agotado, más por el hastío que por algún notable esfuerzo físico o mental. Apenas tenía la energía suficiente para quitarse los zapatos y la corbata, envolverse bajo la cobija y decirle a Gabriela que le bajara volumen al televisor. Con mecánica obediencia ella lo ponía en "mute" pero dejaba que el resplandor azulado de la pantalla titilara toda la noche.

El sexo había derivado de la monotonía dominical a la total ausencia de contacto físico. Dormir en la misma cama no era una oportunidad para el encuentro sino otro lugar más en el que podían seguir acumulando millas de distanciamiento. A veces, Antón se escabullía hasta la sala para acostarse en el sillón y ella entonces volvía a subirle el volumen a la tele. Su refugio era el pantalla plana de 27 pulgadas; se había vuelto adicta a programas de cocina y de resolución de conflictos familiares. Desde que clausuraron la galería de arte donde trabajaba se quedó sin un empleo en el cual asilarse y se deprimió tanto que había dejado de pintar.

—¿De qué podemos hablar?, es como si nunca hubiésemos tenido nada en común —le decía Antón al compadre Danieri.

No se trataba de arreglar nada porque en realidad no tenían claro qué era lo que se había dañado. Quizá se trataba de un proceso natural de desgaste que se fue acelerando más de lo debido y que sus células jóvenes no sabían cómo asimilar.

Los fines de semana evitaban tropezarse, como si en vez de esposos fueran dos desconocidos que deambularan en una tienda de ropa por departamentos. Para sortear posibles situaciones donde tuvieran que mirarse, dejaron de comer juntos cuando ambos estaban en la casa; habían ajustado sus ciclos digestivos para que el hambre no los atacara a la misma hora.

Antón se puso a sacar cuenta y calculó que en los últimos tres meses, la única vez que llamó a Gabriela desde la oficina fue una ocasión en que se equivocó de número, quería pedir una pizza y por efecto de autómata marcó el teléfono de su casa. Al oír el Aló de su esposa a través del auricular se hizo el desentendido y dijo que estaba equivocado, sin saber -sin importarle- si ella le había reconocido la voz.

El apartamento se les había vuelto un desastre, hasta el punto que prefería cagar en la oficina que en su propio hogar. Cuando se llega a ese límite (salvo en los casos de algún tipo de fetiche) es porque ya se tocó fondo, pensaba

Antón mientras se limpiaba los restos de mierda con un papel higiénico áspero de color rosado.

Después de la fiesta de aniversario, los vasos sucios, los platos y cubiertos llenos de grasa, los ceniceros y materos llenos de colillas, el piso veteado de manchas y las servilletas desperdigadas se mantuvieron así durante varios días, ya que ninguno de los dos tenía la voluntad de restablecer un orden y armonía ficticios. Después que los olores se impusieron sobre la apatía, justo el domingo en que Antón se dispuso a lavar, limpiar y recoger, cortaron el servicio de agua; así que sin pensarlo tres veces tomó un par de bolsas negras grandes en las que metió copas, vasos, cubiertos, recipientes y uno que otro adorno que le parecía de mal gusto y las dejó en la ruta del camión de aseo urbano. Hasta tres días después Gabriela no se percató de que no tenían utensilios para comer. Lo comentó de pasada, como una anécdota sin importancia. Antón no dijo nada, se limitó a pedir entre dientes que le bajara el volumen a la tele, pero como al control remoto se le habían acabado las pilas él pasó toda la noche soñando con mariscos en salsa de almendras y barrios latinos mayameros donde las suegras instruían a sus yernos en las artes de la infidelidad caribeña.

Un mes después del aniversario apareció la caja.

Estaba en el pasillo de afuera, equidistante a los cuatro apartamentos que conformaban el piso. Era una caja negra, de cartón, sellada con cinta de embalar; y aunque tenía una de sus pestañas ligeramente abombada, era imposible ver su contenido. Antón tuvo la ligera intuición, o quiso tenerla, de que en el interior de la caja unos ojos afilados brillaban sin parpadear; no los ojos de una rata sino de un mamífero más grande, apacible e incluso obediente. Todas esas observaciones y elucubraciones las hizo mientras esperaba el ascensor, pero apenas éste abrió sus puertas se olvidó del asunto.

Al regresar de la oficina la caja seguía en el mismo lugar, no había sido movida ni abierta, lo cual le pareció extraño ya que la curiosidad de sus vecinos por objetos ajenos es bastante legendaria.

El día siguiente pudo constatar la presencia de la caja al irse y al regresar. Esta vez sintió una ligera incomodidad al verla, e incluso algo de repulsión cuando le pasó por el lado. Estuvo tentado de golpearla con la punta del pie pero se contuvo.

Antes de salir al día siguiente se asomó por el ojo mágico para verificar lo que ya presumía como un hecho irreversible.

En la oficina estuvo pensando en la caja mientras preparaba un informe. Tenía hambre de saber si la caja seguía allí, si había sido reclamada, si su contenido se componía de simples productos de limpieza o de algún cuadrúpedo de sangre caliente. Marcó el número de la casa. A ella le extrañó su voz, su voz al teléfono, su voz saludándola. Al principio Antón no supo qué decirle después del Hola; luego le preguntó cómo estaba y ella tardó en responderle que todo bien. Era rara la llamada, la pregunta, la respuesta. Luego Antón le preguntó si le podía hacer un favor. Primero ella respondió Cuál, de inmediato corrigió y dijo Claro, seguro. Entonces Antón le pidió que se asomara por el ojo mágico para que viera si en el pasillo había una caja. Le tuvo que repetir dos veces las instrucciones antes de que ella dijera Okey, ya voy.

Antón la imaginó descalza, de puntillas, en equilibrio para alcanzar la mirilla del ojo de pescado, con sus senos quizá rozando la fría madera de la puerta.

Esa tarde salió temprano de la oficina. A Gabriela le pareció sorpresiva su llegada. A él lo sorprendió más todavía que ella estuviera haciendo una acuarela. Hacía tiempo que no la veía jugar con los pinceles. Hubo cierta emoción incómoda en el saludo, como dos conocidos que tenían años sin verse y que se encuentran por azar en una plaza. Gabriela estaba pintando una cena de cuatro comensales, pero todos estaban de espalda, exactamente al revés de como ocurre en las comidas en la televisión donde nadie da nunca la espalda. Era una acuarela grande y su textura y colores marinos transportaron a Antón a aquellos días de cuando la conoció en un quiosco de periódicos cercano a la galería de arte. Le pareció estúpido preguntarle por qué estaba pintando, sólo le alegraba que lo hiciera. Se quedó mirando sus dedos manchados de unos colores que no estaban en la escena pintada, o estaban pero por debajo, tan atrás que formaban parte de otra historia, acaso de los rostros de los comensales, de sus dientes y de los alimentos invisibles al ojo del espectador. Después de unos minutos la dejó sola.

Esa noche Antón durmió tranquilo, no se quejó del volumen del televisor ni se acordó de la caja hasta que la tropezó con el pie la mañana siguiente; a pesar de la fuerza del golpe no la movió de su lugar. Tuvo la idea de abrirla allí mismo y sintió que debía decirle a Gabriela que lo haría.

Se devolvió al apartamento pero ella aún dormía, tenía las puntas del cabello llenas de pintura, como si fuera ella misma un cuadro inacabado. No la despertó y se marchó al trabajo. Volvió a llamarla al mediodía. Antes de que él le preguntara por la caja, ella le dijo que se asomó varias veces y la caja aún seguía allí; le recriminó en broma el haberla contagiado de su paranoica ansiedad. Él le explicó que no era ansiedad sino preocupación por ese objeto sin un dueño que lo hubiese reclamado. Gabriela propuso que le preguntaran al conserje si sabía de quién era. Horas más tarde fue ella quien lo llamó a la oficina para decirle que ni el conserje, ni nadie en el piso sabía el origen, el destino, ni el contenido de la caja.

Cuando Antón volvió esa tarde la caja ya no estaba en el pasillo. Gabriela le explicó que había decidido meterla al apartamento. Aunque no era muy grande, era tan pesada que para moverla la tuvo que arrastrar. La había guardado en el cuarto de trastos, donde se apilaban un montón de revistas viejas, una escalera de aluminio, una biblioteca partida en cuatro y dos enormes títeres de tela que ella había diseñado para una compañía teatral.

Antón estaba resuelto a abrir la caja de inmediato, pero se distrajo con una acuarela vinotinto en gran formato que Gabriela estaba pintando, de ahí pasó a mirar sus uñas que estaban sucias de púrpura y magenta. De algún modo había una armonía entre sus uñas coloradas y su cabellera despeinada.

Se sentaron alrededor de la caja para examinar su exterior, como si fuera una delicada bomba que pudiera explotar con la menor imprudencia. Los pies tibios y desnudos de Gabriela rozaron las manos de Antón y el aliento de ella le acaloró el oído a él. Antón tenía en la mano un destornillador de punta plana para rasgar la cinta de embalaje. Antes de hacerlo, sus nudillos se encontraron con el calor de las manos de Gabriela y luego con la dureza de un pezón bajo el sweater. Juntaron la narices como si fueran dos bocas que acabaran de conocerse y como si esa caja albergara algún tipo de anillo dorado que reiniciaría el conteo del almanaque.

Sólo después de que se pusieron de nuevo la ropa interior fue que abrieron la caja.

LA REPÚBLICA DE FÉNNELLY

Inventamos la República de Fénnelly un martes por la tarde en el apartamento de Alberto mientras los viejos caobos de la ciudad eran deshojados sin piedad por una lluvia feroz que sacudía los cristales. Hacía varios meses, durante un concurso televisado de belleza, habíamos conversado sobre idea de inaugurar un territorio propio, despojado de los códigos éticos, estéticos y mercantiles reinantes.

En principio barajamos la posibilidad de fundar una sociedad secreta o un partido en el que sus miembros asistieran a sesiones regulares para debatir sobre temas puntuales, tomar decisiones con la aprobación de la mayoría, aplicar sanciones por indisciplina o desacato, nombrar y remover juntas directivas, elaborar estatutos, planes estratégicos y cincelar en letras cobrizas una agenda de proyectos y otra de promesas.

Pero la lógica o, quizá un dejo de ambición, nos hizo reflexionar que los alcances de un partido o de una sociedad eran limitados y que estaban supeditados a legislaciones, instancias y dinámicas superiores que acabarían condenándonos a sus leyes, por lo que lo más propicio era sin duda crear una nación en la que luego madurarían diversas instituciones, partidos, grupos, sectas, clubes y demás actores sociales.

Una vez que los cinco estuvimos de acuerdo en fundar nuestra propia República, consideramos que el primer paso era establecer sus coordenadas espaciales. Con humildad, admitimos que sería una nación de reducido tamaño, muy similar a esos principados que repliegan sus fronteras dentro de países más grandes o como esos territorios que se desmiembran de otros tras una sangrienta declaración de independencia y quedan alojados como una especie de hígado autosuficiente y desligado del resto de las funciones corporales. Sin embargo, con más precisión, en nuestro caso seríamos una suerte de nación clandestina, una patria encajada dentro de otra, como una célula ajena y silente dentro del cuerpo, que tal vez se expandiría o tal vez se mantendría quieta dentro de sus breves y originarias dimensiones.

En nuestra por ahora pequeña nación de 90 metros cuadrados y tres de alto –que eran las dimensiones del apartamento de Alberto donde todos convivíamos alquilados– tendríamos un poderío pequeño pero manejable.

La primera acción fue determinar el nombre que le daríamos a nuestra patria. Tras insensatos juegos de palabras sucumbimos en un principio a la fatua determinación de darle una denominación numérica, quizá con una que otra letra mezclada en el intervalo de caracteres ordinales.

En medio de un debate infructuoso, Alberto insistió en la necesidad de mentar a nuestro territorio con el nombre de una persona, un prócer, un héroe. Pese a que Alberto esbozó la idea de que ese héroe fuera alguno de nosotros mismos en calidad de padres fundadores, la mayoría coincidimos en que eso hubiese sido empezar con el pie izquierdo. Nos considerábamos más bien mentes planificadoras, estrategas corporativos. Todos, menos Alberto, estuvimos de acuerdo con esta reflexión, tras lo cual decidimos que nuestra nación nacería con un nombre que nada representara o al menos que no nos vinculara directamente.

Un par de horas más tarde, Marisela se topó con un disco que fue propiedad del papá de Alberto. Olvidado en una gaveta de amarillentos documentos contractuales, lo vislumbramos como una señal que al menos ameritaba una evaluación. En la portada se leía Michael Fennelly; un músico desconocido para todos. Por decisión unánime aprobamos el nombre y acordamos que no escucharíamos bajo ninguna circunstancia la música contenida en ese acetato y que tampoco revelaríamos a extraños el origen de nuestra denominación para que la partitura fundadora perviviera en un enigma idílico y que sus acordes ignotos no influenciaran de ningún modo las bases éticas o estéticas de nuestra naciente República. Andreína, siempre bella, siempre fresca, siempre aforística dijo que Fénnelly, en todo caso, significa el azar que nos busca y que eso nada quiere decir.

En fin, la palabra Fénnelly nos pareció encajar a la perfección para el nombre de una nación clandestina, precisamente porque esa palabra no remitía a un país sino a una tienda de lencería con precios de oferta.

Ya con un nombre, nos aplicamos a lo que sería el diseño de Fénnelly. Desde siempre nos había cautivado la cartografía cuadriculada de muchos países, y ahora estábamos felizmente condenados a establecer los límites de Fénnelly bajo la cuadrícula que imponía el apartamento de Alberto. Libres de realizar los trazos que nos vinieran en gana, se habló incluso de una patria de perfecta forma circular, pero advertimos que ello significaría sacrificar valiosos metros de espacio territorial, que en nuestras actuales condiciones era intolerable.

Andreína, la artista del grupo, fue quien asumió la tarea de dibujar nuestro primer boceto de mapa, nuestro primer espejo. Además de la rectitud de sus líneas, el mapa de Fénnelly se caracterizaba por proyectar sus límites no sólo hacia los lados, sino también hacia arriba y hacia abajo. Si Italia es una bota y Venezuela una especie de toro con trompa o de elefante con cachos, Fénnelly era un cubo.

Respecto a la geopolítica fennellyana lo que más nos hizo discutir (pues en cuanto a la cartografía no hubo mayor dilema) fue en qué punto establecer la capital de Fénnelly. Según Tobías y yo, la capital debía ser un punto muy pequeño, donde a lo sumo cupieran dos personas o una persona junto a su perro. En cambio, Andreína y Marisela defendían la tesis de que la capital debía ocupar todo el territorio y debía llamarse igual que el país. Alberto, en cambio, propugnaba que Fénnelly no tuviese capital dentro de sus fronteras sino que se estableciera nominalmente dentro de algún sobre sellado y archivado, por ejemplo en Suiza o las Bahamas, como si fuera un papel financiero que pudiera cotizarse y "resistir", subrayó Alberto sin que nadie entendiera ni preguntara lo que quería decir.

Triunfó la tesis de que la capital debería ser un punto mínimo donde apenas cupieran un hombre y su perro. También resolvimos que la capital de Fénnelly figuraría en el mapa simplemente con el certero nombre de "Capital" y se ubicaría en el justo centro de la sala, que era también el centro del apartamento. Con este emplazamiento las comunicaciones con el resto de las regiones (baños, habitaciones, cocina, lavandero) serán equidistantes, lo que a su vez facilitará un desarrollo equilibrado del territorio de acuerdo a sus potencialidades, explicó Alberto en su jerga que cada vez tenía más inflexiones marciales que le daban más seriedad al asunto. Dicho esto, colocó en el justo medio de la capital un mesón de madera que serviría de lecho, techo, trinchera o sarcófago para albergar a un hombre junto a su perro.

Sobre las suaves manos de Andreína recayó también la responsabilidad de diseñar la bandera de Fénnelly, que por ahora sólo ondearía en la intimidad de nuestro reducido pero cálido territorio. Nuestro pabellón unicolor se componía de blanco sobre fondo blanco, pigmentación que yo interpreté como un estandarte condenado a rendirse antes de empezar una guerra.

Ya con bandera, nombre y mapa procedimos a firmar oficialmente el acta fundacional en la que se dejó por escrito en la barroca caligrafía de Marisela el día de creación, los nombres de los primeros habitantes y la extensión territorial de Fénnelly. Al final del documento se dejó sentado la lapidaria frase "Seremos grandes y lejanos", cuyo significado ambiguo y que admitimos no entender, sería un enigmático acicate para futuras generaciones.

Aunque alegres porque en pocos días ya habíamos avanzado tanto, por otra parte también nos iban surgiendo interrogantes que nos tuvieron en vilo en las primeras horas de creados. Una de esas inquietudes la planteó Tobías: ¿habría otra República de similares características a la nuestra, urdida en el anonimato, en la carencia de aeropuerto y de fronteras internacionales, y en la ocupación silenciosa de otra nación más grande? Había sólo dos posibles respuestas a esa pregunta: sí o no. Si confiábamos en que éramos los pioneros en idea semejante, continuaríamos con nuestro proyecto intacto, sin mirar atrás ni a los lados; pero si dábamos cabida a la posibilidad de que existieran otras naciones de igual tenor, sin duda había que clarificar desde ya las medidas a tomar: ¿crear una confederación de repúblicas ocupantes?, ¿declararnos la guerra unas a otras?, ¿fundirnos bajo la figura de distantes archipiélagos de tierra para conformar un verdadero imperio transnacional? Sin embargo, nuestra verdadera preocupación era la congoja que nos produciría el hecho de saber que nuestro proyecto no era inédito, sino que era una copia azarosa de un modelo ya existente, que no conocíamos porque aún estaba en el anonimato de algún sótano o azotea de Dhaka, Ontaro o Lima. Nadie se tomó con gusto la broma que hice respecto a que en China debían existir cientos de Fénnellys esperando su momento para salir a la luz. Para suavizar los ánimos expliqué que nuestra ventaja estaba en que saliéramos nosotros antes que ellos. Ya me estaba ganando la fama de apático, por lo que traté en lo subsiguiente de reducir mis comentarios.

Aunque nuestra rutina diaria de trabajo y estudios se mantuvo con la regularidad cotidiana de siempre, sentíamos que algo en el mundo iba cambiando desde la minúscula realidad del apartamento de Alberto. El interior del cubo iba tomando forma, textura interna; ya no era el mismo de hace dos años cuando Alberto decidió compartirlo en alquiler con cuatro compañeros de la universidad. Ahora era un territorio en ebullición que cada día abastecíamos con cajas de enlatados, libros, ropa, botellas de vino, velas, agua potable y suministros médicos, que Alberto se encargaba de ordenar en vista de que no tenía responsabilidades laborales o académicas como los demás y podía dedicar más horas a Fénnelly.

Una tarde, Alberto nos recibió con una emocionada sonrisa de padre primerizo mientras nos enseñaba un paño blanco, impecable. Era nuestra bandera recién confeccionada en uno de los almacenes del centro. La blancura del lienzo era tal que irradiaba una tenue luz blanca en toda la habitación y la suavidad de su textura invitaba a un fraterno cobijo, como una túnica para el eterno reposo. Desdoblamos la tela con el mismo cuidado que se acaricia una mariposa. Al menos yo tuve por un momento la impresión de que entre los pliegues descubriríamos algún preciado secreto. Una vez extendida, la bandera era como un mar lácteo que inundó por instantes el suelo fennelliano; la colocamos estirada sobre la pared más larga de la sala y la contemplamos con mirada solemne un buen rato. El ojo izquierdo de Alberto dejó correr una breve gota de agua, pero nadie lo secundó ni le dijo nada.

Entre vino tinto, embutidos y aceitunas, las tardes en Fénnelly se fundían con madrugadas plácidas y cada vez que salíamos nos despedíamos con el mismo afecto y melancolía de que quien abandona su país aunque sea por un par de días.

Aunque todos nos tomábamos en serio lo de nuestra nueva patria, quien iba un paso más adelante era Alberto. No exigió que asumiéramos compromisos a su nivel, en el sentido de desprendernos de nuestras obligaciones del mundo exterior, pero sin embargo su dedicación exclusiva a Fénnelly fue creando las condiciones para que se auto adjudicara roles que de algún modo irían perfilando nuestro destino patrio.

Al principio fueron minucias como el hecho de imprimirnos por su cuenta y sin previa aprobación los pasaportes de la República de Fénnelly (por cierto de gran calidad) o decretar nuestro plato nacional sin consultarnos (espaguetis de espinacas con almendras y queso crema). Al principio agradecimos con emoción el esmero de Alberto por cada día darle más forma y sentido a nuestra identidad nacional.

Pero luego ocurrió el asunto de los uniformes y entonces Tobías y yo intercambiamos mudas y amargas impresiones de desasosiego, pero fuimos incapaces de contravenir o cuestionar a Alberto. Lo que más me exasperó fue que el uniforme de las mujeres fuera igual al de los hombres, pues si el de Andreína hubiese sido al menos un short ajustado o hubiese tenido algún tipo de escote, creo que hubiese abrazado a Alberto. A Tobías en cambio no lo disgustó tanto el hecho que los uniformes que deberíamos usar durante nuestras estadías en Fénnelly fueran unas bragas de mecánico de color azul, su problema era que esa idea no se le había ocurrido a él.

Para tratar de picar adelante, Tobías expuso con vehemencia algunos proyectos para aplicar en Fénnelly. Uno de ellas fue crear un calendario fennelliano basado en la dirección de los vientos; propuesta que todos celebramos, incluso Alberto, quien sin embargo forzó bruscos cambios de tema para eludir una decisión definitiva al respecto. Otra de las propuestas de Tobías fue rescatar el arte de la "coligrafía" o del esperanto como una forma de reivindicar un lenguaje propio. Ante el entusiasmo general, Alberto supo que no podría contravenir ni postergar esa iniciativa, así que como último recurso retórico y pantomímico nos enfrentó a todos con solemne actitud diciendo que había llegado la hora decisiva.

Se dirigió entonces a un armario que estaba en la penumbra de un rincón. Pensé que nos daría un vestuario especial para los días festivos o que sacaría de una jaula el animal representativo de la fauna del país; pero lo que allí había, dentro de cajas de cartón y bolsas plásticas, era un pequeño parque de armas compuesto de diez fusiles, una metralleta, once pistolas, varias cajas de municiones, algunas granadas de mano y una trompeta. "Todos mis ahorros están en este baúl", se limitó a decir Alberto con orgullo mientras colocaba el armamento sobre la capital. La actitud de Alberto provocó una mueca de desprecio en Tobías, secundada por una risita nerviosa de Marisela. No obstante, fue Tobías el primero que se entusiasmó a apertrecharse con el equipo militar y fue él también quien celebró con sonoras carcajadas que la mayoría de las armas eran de utilería. Alberto explicó que ello se debía en parte para confundir al enemigo y también porque no le había alcanzado la plata. Solo tres pistolas son de verdad, puntualizó.

Cuando yo mismo palpé y verifiqué que en efecto eran imitaciones de juguete, sentí primero un gran alivio seguido de un eléctrico temor que me recorrió el cuerpo al caer en cuenta que éramos cinco locos con armas de plástico sin saber aún muy bien qué íbamos a hacer con ellas.

Es lo que tenemos por ahora, dijo Alberto. Y qué se supone que vamos a hacer con esto, preguntó Marisela, al tiempo que devoraba la uña de su dedo índice izquierdo. Solo hay que estar preparados y alertas, nos dijo Alberto con un dejo de decepción pues éramos incapaces de comprender sus previsiones.

Los días siguientes transcurrieron con cierta pesadez, como si el vínculo de amistad inicial se hubiese oscurecido por un nuevo flujo de relaciones artificiosas que si bien no estaban claras del todo, tejían un biombo de seda entre nuestra original camaradería. La calidez de los primeros días de Fénnelly se fue enfriando, al punto que se canceló dos veces la primera reunión extraordinaria convocada por Alberto quien pretendía dar instrucciones sobre en qué circunstancias deberíamos usar los uniformes.

Algo de la comunión inicial se recuperó durante la celebración del primer mes aniversario de Fénnelly donde el vino y los espaguetis almendrados crearon la atmósfera propicia para inspirarnos hacia nuevos rumbos. Andreína planteó diseñar un sitio web que fuera creando algo de intriga y Tobías retomó el asunto del almanaque, pero esta vez inspirado en el calendario Republicano francés. Alberto se mantuvo muy reservado en la reunión pero con una disposición aprobatoria que no le habíamos visto desde antes de inventar Fénnelly. Hasta Marisela y Andre improvisaron un baile que fue decretado de inmediato como la danza oficial de Fénnelly.

Pero el ánimo festivo se interrumpió cuando Tobías quiso pasar revista al armamento y se encontró con un candado en el armario. Alberto fingió que no recordaba donde había puesto la llave, pero la insistencia de todos lo hizo confesar que las armas las había mudado de lugar por razones de seguridad. En efecto, cuando abrió el armario ni siquiera estaba la trompeta.

Tobías abandonó Fénnelly con un sonoro golpe de puerta. Nadie trató de retenerlo, pero sin duda la fiesta había acabado. Sin mayor referencia al incidente Alberto nos animó a recoger las botellas vacías y a ordenar la habitación mientras nos daba una charla sobre la rentabilidad del reciclaje como modelo económico para Fénnelly.

Al día siguiente, muy temprano en la mañana, Tobías retornó al país de buen talante, como si el episodio del día anterior no hubiese tenido mayor importancia. Me parecía que olía a gasolina o a excremento seco. Me lo encontré de salida, y me dijo que lo esperara mientras buscaba su maletín de trabajo y se lavaba la cara con agua.

En el ascensor le confesé que me iría de Fénnelly esa misma tarde y que nadie lo sabía aún. Mandaré a alguien a buscar mis cosas con alguien, no me gusta el asunto de las armas, y las almendras me dan cagantina, fue toda la explicación que le di a mi compatriota. Con una sonrisa tranquilizadora en su vertical expansión pero macabra en las comisuras, Tobías me señaló que ese no era el camino, que durante la madrugada pensó en desertar, pero que el reflejo de un charco de aceite le reveló la estrategia correcta: Hay que fundar otro Fénnelly. Explicó que la discreción sería la mejor arma pues el Fénnelly que crearíamos estaría justo dentro del Fénnelly original. Es perfecto, sólo tú y yo lo sabremos, ya estamos infiltrados, sólo debemos esperar con paciencia para dar el golpe perfecto y tomar Fénnelly; mira aquí tengo el mapa de Fénnelly dentro de Fénnelly, nos estableceremos en la capital y estallaremos desde el centro.

Cuando el ascensor se abrió en planta baja Andreína y Marisela, tiernas y frágiles, conversaban en el lobby del edificio; sentí que se acaban de dar un beso o más bien deseé que eso hubiese ocurrido, y también imaginé que en ese justo instante Alberto se masturbaba en Fénnelly envuelto en nuestra blanca bandera nacional.

Seguí de largo mientras Tobías se demoraba con Andre y Marisela; creí escuchar que él se disculpaba por su actitud de anoche. Al cerrarse la reja del edificio a mis espaldas conjeturé que una vez que Tobías inaugurara su propio Fénnelly las chicas crearían otro más minúsculo dentro del de Tobías donde apenas si cabría un perro pero sin su dueño. Al voltear en la esquina y mirar hacia mi país pude ver como una columna de humo se alzaba firme hacia el sol que tenía un particular brillo plateado esa mañana.

NOCHE BLACKBLUE

Jack nos telefoneó como a las seis de la tarde y todavía estábamos dormidos. La interrupción del sueño con aquél incesante ring chillón justificó que Monkey le arrojara un zapato que casi acierta en el centro del disco numerado. La insistencia de Jack triunfó; Bruto fue quien finalmente atendió la llamada; siempre nos pareció que agarraba el teléfono como un saxo y el saxo como un teléfono. Todavía dormido balbuceó que Jack nos necesitaría a las once, pero vengan a las diez, un toque con Lussy, la conocen, supongo, mandó a sus chicos al mierdero y presume que puede cantar sin músicos.

Hacía ya varias semanas que su nombre sonaba en varios clubes de la ciudad. Yo nunca la había escuchado cantar a pesar de todo lo bueno y lo malo que me habían dicho sobre ella. No me emocionaba en lo absoluto el tener que tocar a su lado. Pero premonitoriamente escribí su nombre en mi libreta: Luxy. Bruto me corrigió, se escribía con doble ese.

Nos pusimos los zapatos y los sombreros. Monkey empezó a discutir porque no encontraba el suyo; siempre anda lanzando todas sus cosas al azar, y en una habitación tan pequeña se hace difícil encontrar hasta los muebles. Nos enlatamos en la camioneta junto con los instrumentos y fuimos a comernos un pollo barato con papas. Cuando llegamos donde Jack eran apenas las ocho. Jack era un negro en el sentido estricto de la expresión, exceptuando su piel que era blanca. Hablaba como negro, cantaba como negro, pegaba como negro y vestía como negro. Fue él quien nos presentó a mí, a Monkey y a Bruto. El local de Jack era sencillo, sin putas, allí negros y blancos se mezclaban tan bien como la música con los tragos.

Todavía no había abierto y las sillas dormían de cabeza sobre las mesitas redondas. Jack nos recibió con un acogedor eructo antes de ofrecernos la primera cerveza. Bebimos de pie acodados en la barra, hablando sobre pintar las paredes y acomodar la tarima; el recurrente tema de cambiarle el nombre al club se insinuó de pasada. No discutimos sobre el toque hasta las nueve y poco. A esa hora ya habíamos ayudado a despertar las sillas y los instrumentos estaban en su sitio. Monkey daba algunos golpes a la batería para ir calentando. Bruto besaba el saxo. Y yo ni me acercaba al contrabajo para no cansarme. Jack aprovechó un silencio de redonda para quitarle la palabra a los redobles de Monkey. "Lussy llegará como a las diez y cuerda, cuando esto empiece a llenarse". Revisamos las mismas partituras versionadas de siempre, arrugadas como pergaminos bíblicos y manchadas de cualquier cosa. Monkey y Bruto sí habían escuchado cantar a Lussy y me dieron algunas vagas indicaciones, nada fuera de lo normal.

Poco a poco fueron llegando amigos de Jack y otros asiduos al club. Alguna mano colocó una horrible oblea de acetato que no pude identificar con precisión. Salí a orinar afuera, era más higiénico que hacerlo en los baños de Jack. Hacía una noche azul, donde parecía comprobarse que el cielo es el espejo del mar y no al revés. Me alejé distraído, imantado por algún planeta ocioso. Oriné mientras encendía un cigarrillo. Cuando regresé ya había llegado Lussy. Sentada sola en una mesa arrinconada y bebiendo whisky. No sé como supe que era ella (en algún sueño remoto la había imaginado tal como era: negra voluptuosa con afro desordenado adrede y un vestido azul). Me senté a su lado como si la conociese. Estuve a punto de decirle que había oído hablar mucho de ella. Recapacité y me di cuenta que era un comentario imbécil. Pero fue más imbécil aún lo que le dije entonces. "Pensé que tu nombre se escribía con x y no con esa doble-ese", dualidad viperina, zarpazo de tigre. Pretendió no escucharme. Le ofrecí un cigarrillo. Me dijo con una indiferencia helada que no fumaba antes de cantar. "¿Sabes quien te hará el contrabajo?", le pregunté. No respondió. Jack se nos acercó y ella le *exigió* un cigarrillo. Lo encendió con un *zippo* de oro. Fumaba como libando una fruta dulce y jugosa. Levantó su vaso vacío y con una voz de docilidad fingida solicitó:

—Otro vaso de agua con orines por favor.

Debí haberme retirado. Pero traté de seguirle su broma: "Y otro para mí, Ritchie". Entonces fue ella quien se levantó y me dejó solo con sus guantes olvidados sobre la mesa. Los agarré sin decirle nada. Desde la tarima Bruto me hizo un gesto para que subiera.

Comenzamos con un introito para ponernos a tono. Muy pocos se dieron cuenta que tocábamos, hasta que un neófito en el club, en la ciudad, encendió un aplauso que se apagó pronto por falta de seguidores. Alguna mano retiró la aguja del disco y los murmullos de fueron apaciguando. Sin presentación (tampoco se acostumbraba donde Jack a ese tipo de protocolos innecesarios) Lussy subió. Empezó a soltar frases sin entonación, dejándolas al azar del instinto. Frases suaves de carne elástica que se desprendían como trozos de olores. Susurros exhalados con dulce rabia, canto de ángeles poseídos y de sirenas pescadas. Ni nos atrevimos a dejar de tocar ni pretendimos seguir su ritmo, los tres nos miramos con un aire de desconsolación tratando de ocultar nuestro desconcierto, mientras ella seguía seduciendo y maldiciendo con su voz. Sólo movía sus manos y sus labios (que no podía ver pero los intuía), con ellas acariciaba el halo del micrófono, como amasando los aullidos vegetales salidos de su garganta. Por momentos fingía adaptarse a nosotros y luego se separaba, nos burlaba para luego abandonarnos con nuestros terrenales acordes. Lussy convertía las versiones en piezas nuevas, improvisaba y creaba en la excitación de sus propios gritos. Si acaso se podían seguir llamando versiones era por nuestro apego al desgastado pentagrama. Al movimiento de sus manos fue incorporando un ligero vaivén de caderas; y de la suave melancolía fue pasando a un ritmo vertiginoso, imposible de seguir con la simplicidad de nuestra pobre percusión, viento y cuerda. De todos modos nos animamos y nos pusimos eufóricos, más como público que como banda. Pero al rato fuimos nuevamente adorno superfluo sobre el escenario: si nos íbamos o parábamos de tocar nadie lo notaría. Monkey y Bruto aflojaron y luego desertaron. Yo seguí dándole con terquedad, intenté incluso seguirla y ella se dio cuenta porque enredaba más la lengua y cortaba las palabras y los tiempos con una excentricidad inllevable mientras me miraba con sus enormes grupas redondas forradas de azul. Dejé de sentir mis dedos, hinchados y torpes se movían apenas por los restos de inercia, no podía aguantar más. Percibí que Lussy tomó un leve respiro y pausó el ritmo como para darme una tregua misericordiosa. Quise descargar mis últimas energías con una furia artificial, pero mis falanges colapsaron y mi contrabajo lanzó un alarido mudo de agonía. Ya derrotados los instrumentos Lussy arrastró esa canción hasta un indecible orgasmo colectivo que arrancó el viejo silencio amodorrado de las paredes agrietadas para asesinarlo con un concluyente fragor lujurioso.

La siguiente canción, la última, la dejó impunemente por la mitad: en la mitad exacta de una vocal abierta y disuelta en el aire con su saliva sónica. Recibió los aplausos con cierto desdén, y se sentó en la misma mesa donde yo le robé los guantes. Alguna mano hizo sonar un disco para devolvernos a la tierra, para tratar de aniquilar ese eco terrible y exquisito que aún vagaba en la atmósfera. Apoyado de espaldas en la barra la admiraba con la admiración y la envidia de los hombres hacia los dioses. La odiaba y la deseaba. Quise acercármele y arrancarle la lengua con mis labios. Estaba tan turbado que no me di cuenta en qué momento dejó su asiento para venir a la barra.

Sin mirarme le preguntó a Ritchie por Jack. Con el mismo tono imponente pidió un vaso de agua ni fría ni caliente ni mucho menos tibia, y un cigarrillo sin filtro. Su zippo dorado falló, yo iba a, pero el servicial Ritchie se me adelantó. Aspiró una profunda bocanada que luego pareció expulsar por los ojos. Su silencio no me dejaba espacio para decir nada. Antes de volver a su mesa susurró en fa sostenido: tampoco cojo antes de cantar.

Dos eses cruzadas pueden bien formar una equis, pensé. Salí a orinar. Recordé con risa y con rabia lo del agua con orines. Estaba mareado no tanto por las cervezas como por su monstruosa y secreta influencia. Necesitaba saber si la noche seguía tan azul como su vestido y su voz. Se había vuelto negra mate, sin el menor brillo de luz, como supongo que es la ceguera. Saqué sus guantes de mi bolsillo, me entretuve jugando a entrelazarlos. Pequeños y demasiado ajustados para mis manos me los puse a la fuerza. Mis dedos seguían entumecidos, pero allí dentro era como tener sus manos acariciando las mías, masajeándolas con la misma ternura de voz fatal.

Sin razonamiento alguno decidí ir a casa de Betty. Tenía tres o cuatro días sin verla. Siempre supe que Betty se escribía con doble t; pero a quién carajo le importaba Betty. De todos modos tenía ganas de caminar. En el trayecto desnudo descubrí un atajo que me ahorró un par de calles, pero para qué si tenía ganas de caminar. Una luz en la casa de Betty estaba encendida, no era la de su habitación. Silbé hasta que encendió su luz y bajó descalza las escaleras. Betty es una negra blanca. No como Jack que es un blanco negro. Ni como Luxi que es una negra azul.

—No dormía —me dijo para que yo no me tuviera que disculpar, como si a mi me importara. A quién carajo le importa Betty.

—Bueno, bueno —dije como un bobo ebrio, en realidad no sabía para que fui allí. Ella notó mi tambaleo.

Miró los guantes en mis dedos y dibujó una sonrisa. Me agarró de una mano para llevarme dentro pero yo me desprendí de manera brusca, casi que con asco. El guante se soltó y quedó en su mano.

Aunque sabía que no fumaba le dije que me regalara un cigarrillo. Encontré los míos, encendí uno y le dije que ya no. Ya no necesitaba nada tuyo insulsa Betty, nada, ¿sabes cantar, sabes cantar? Betty no sabe cantar. Me di la vuelta y marché soltando mi humo de locomotora.

Escuché el golpe rabioso de la puerta y el sonido como de un escupitajo.

Habría pasado una hora entre mí retirada y mí regreso al club. Entré por la puerta de enfrente. El ambiente estaba tranquilo, de fondo sonaba una música aceptable (que yo había presagiado en un silbido). Monkey, Bruto y Jack reían sobre una mesa, acerca de un chiste sobre una mesa. Les pregunté por Luxi. Ya se había ido. Monkey me miró la mano con el guante, hizo un gesto patético y me hizo sentar a acompañarlos con unos tragos. Ellos hablaban de una mesa y yo pensaba en Luxi, en su voz en su boca en su culo lento y redondo y en sus guantes de los que me quedaba uno solo. El mareo se me había vuelto ruleta.

Regresé a casa de Betty sin tomar el atajo descubierto un par de horas antes. Todas las luces de su casa estaban encendidas ahora. Tropecé con la cera, me partí la boca y me reí. Desde el suelo comencé a gritar que bajara y me devolviera el otro guante. La puerta se abrió. El lloriqueo de la pequeña y miserable Betty me pareció demasiado ridículo. Su amiga piernas de tractor le hacía la escolta. Betty me arrojó en la cara el guante y un anillo. Agarré el guante y miré el anillo como si fuera una figura irreconocible y también ridícula: un agujero envuelto en un círculo, pensé. Ceremoniosamente me puse de pie. El llanto de Betty se volvió seco, como el de un niño ofendido dispuesto para la venganza. Frente a mi estaba la enorme piernas de tractor.

—No necesito ayuda —le dije con respeto.

Con una agilidad impropia para su gran envergadura me tasajeó la palma de mi mano izquierda con una hoja metálica. Mis dedos instintivamente se contrajeron en un do sostenido, pero el dolor era insoportable: el dolor de imaginar un movimiento que no podrá volver a realizarse con la misma destreza que antes. Apreté los guantes contra la profunda herida y a mi mente acudió el canturreo de Luxi. Me alejé tambaleando un poco, sin mirar atrás aunque tampoco hacia adelante.

1979

octubre 24, 1979

que importa si es una carta o un cuento, al final todo puede convertirse en literatura, o no, pero eso tampoco importa. Aleska me envía una postal frugal diciéndome que te había visto, que te había hablado y que estabas bien. No me dijo más nada, pero los detalles son bastante previsibles: Aleska lanzó un chillido de emoción y gritó tu nombre como para asegurarse, se abrazaron, te apretó las manos, tú la miraste como un gato fastidiado y apenas sonreíste, por inercia, por la costumbre de estirar los labios cuando otra persona brinca por una alegría estúpida. Tomaron un té de yerbas en cualquier café y aguantaste la verborrea de Aleska con tu sonrisa de gato fastidiado. Intercambiaron teléfonos, direcciones y se prometieron otro café que nunca se daría. No preguntaste por mí, Aleska no dijo que no lo hiciste, hubiese sido algo bochornoso. Sólo me dijo que te había visto, que habían charlado y que estabas bien. Eso fue hace una semana y hasta ahorita fue que le dije que me enviara tu dirección para escribirte esta carta. Pensé que estabas muerta, sabía que no, pero cuál es la diferencia si igual no tenía noticias de ti. Pero ahora viene Aleska y me envía esa postal y todo retorna a esa cualidad de laberinto nebuloso, de triste esperanza improbable: estás viva y en la misma ciudad de Aleska. Me sentía bien sintiéndote como una ausencia ausente, ahora eres una presencia ausente, que es mil veces peor.

No quiero preguntarte cómo estás, ni enviarte un abrazo, ni saber que has hecho en estos años. Sabemos que esas cosas no nos interesan pero también sabemos que yo no podría quedarme mudo, que ese encuentro casual me llamaba a garabatear cualquier cosa. Sé que incluso un pliego de papel en blanco sería más que suficiente, lo habrías olido con un suspiro sensual y lo habrías engavetado para siempre. Vas a tener que disculparme este genocidio de palabras; así llamabas tú todo lo que yo escribía. Te molesta(ba)n las palabras de más, los gestos de más, y yo tan derrochador, tan asesino del silencio: admito que tenías razón, no había nada que decirse, y mucho menos ahora. Sin embargo espero una respuesta, una respuesta alegórica como las únicas que sabes dar. Tienes esa obligación, volviste de la muerte dulce y supuesta donde te veneraba; enturbiaste las aguas.

noviembre 12, 1979
tengo que confesarte que casi se me rompe tu carta en mi desesperación por abrirla; imaginé que según tu costumbre el sobre podía contener simplemente un pétalo de rosa o mi misma carta pero corregida por ti, es decir, tachada en casi su totalidad. Disfruté el haiku que me escribiste,

sobre todo porque es el mismo que grabaste con una navaja en el respaldar de mi cama. Perfumaste el papel con toda la intención, sabes que adoro esos rituales, esos gestos minúsculos que ayudan a emulsionar los recuerdos en la memoria. Aunque detestabas la palabra recuerdo hasta al punto de tacharla del diccionario, ahora mismo no eres más que eso: una palabra; los trazos rojos de tu incorregible caligrafía son un recuerdo de tus manos acariciando el papel, los dedos de una sombra evocada. La palabra que debiste tachar del diccionario debió haber sido presencia, por tu capacidad de ausentarte, de replegarte dentro de estrechas burbujas; creo que gracias a eso es que pude soportar con serenidad que un día te hayas ido quién sabe a donde, sin decir nada, en absoluto silencio, sin malgastar palabras.

noviembre 20, 1979

me sorprende que te hayas dignado a escribir más de cuatro líneas. Tu estilo ha decaído. Antes eras más creativa, tus ironías dolían como fuego, o debe ser que te he perdido devoción. Me divierte que juguemos a herirnos como antes jugábamos a amarnos (amor, otra palabra tan accesoria). Y envíame una copia de tu novela que quiero leerla.

diciembre 7, 1979

demasiado larga para tu ritmo. Igual me fascinó, aunque la verdad es que el título es un asco, siempre fuiste mala para ponerle títulos a las cosas. También me parece de mal gusto que cercenes el final sólo por tu compulsión de dejar inconclusas las cosas. La dedicatoria está de más. Haz lo que quieras. Me gustaría que nos viéramos en Navidad, es algo que imaginé que nunca diría, suena tan cursi, tan súplica, pero bueno…

diciembre 11, 1979

cómo es eso de que *no sabes si vas a llegar*. Otra evasión u otra incógnita. Supongo que no debo esperarte. Padezco de nuevo de la triste enfermedad de la esperanza.

diciembre 27, 1979

Aleska me llamó y no sabía cómo decirlo, ella tan habladora pero tan ineficaz para comunicar lo necesario. Yo tenía tiempo que no lloraba, había olvidado cómo se hacía, así que lloré con torpeza; quien me hubiese visto habría imaginado que reía o que me ahogaba. Esta carta ya no es para ti, ya no podrás leerla, es para mí o para nadie, para el fuego tal vez. Si me lo hubieses contado todo, tu imagen cruel y tiránica se habría atenuado: querías mantenerte fuerte, inconmovible. Debía haber entendido todo en la última carta que me escribiste: "no estoy segura si voy a poder llegar para esa fecha". Sin duda, eso sonaba mejor que si me hubieses hablado con detalle de tu enfermedad y tus minutos contados. De nuevo no supe entender tu juego. Un juego que supiste planificar. Por eso buscaste a Aleska en tus últimos días para enviarme un soplo de tu dulzura y una vaga esperanza que ahora veo deshecha para siempre. Lo que más me duele es el desgaste de tu voz, el que mi memoria sea incapaz de reproducirla fielmente; es un recuerdo que cada día se irá agotando cada vez más. No me había percatado de ello hasta que fui a verte más muda que nunca, con las manos cruzadas sobre el pecho, con tus ojos hundidos en la otra dimensión donde siempre habían estado. Extraño tus paradojas, tu voz y tus silencios. Pero estoy tranquilo porque todo irá desapareciendo.

HISTORIA SOBRE MALONE

La historia me la refirió Larry la misma noche del asesinato de Malone. Advierto en primer lugar que hay que saber escuchar a Larry; un poco de alcohol ayuda a adentrarse con paso firme en sus frases laberínticas; pero un exceso de tragos puede hacer que uno se pierda en ese laberinto, o que no se sepa cómo se entró, o en el peor de los casos que ni siquiera se sospeche que se está en el interior de una estructura dedálica. En ocasiones, las extensas digresiones de Larry sirven para evidenciar sus mentiras pero también para hacerlas pasar por verdaderas. Una historia de Larry nunca es del todo cierta, pero tampoco del todo falsa. Hay que sopesar con cuidado sus eufemismos, escudriñar en sus balbuceos trémulos, inferir a partir de sus silencios súbitos; jamás hay que interrumpirlo ni contradecirlo, sino dejarlo desembocar a su propio ritmo en el final de su historia.

Sin embargo, la historia que me contó Larry la noche que mataron a Malone fue más bien precisa, sin sus eternos rodeos habituales y libre de florituras innecesarias. La contó en un tono distinto al resto de sus narraciones, lo cual indicaba que si esta vez era verdadera, el resto de sus historias eran falsas. Según su repertorio narrativo, él mismo había sido tripulante de un barco malayo que intentó invadir Puerto Cabello en 1972 pero que se quedó varado en Curazao y entonces todos sus miembros se dedicaron a la hotelería y al comercio ilegal de carne delfín; también contaba que fue policía durante ocho años y desmanteló él solo una banda de curas narcotraficantes pero nadie le creyó y por eso fue expulsado, o que había sido el pionero del negocio de las tarjetas telefónicas pero las grandes trasnacionales conspiraron contra él y le quitaron "todo, menos esto", y se tocaba los testículos, el corazón, la cabeza o algún otro órgano.

A veces pienso que el relato de la última noche de Malone, fue tan solo un episodio más de una narración de mayor envergadura que fue tejiendo poco a poco y me la estuvo contando desde hacía días sin que yo me percatara.

A Larry y al resto de los caballeros de la mesa redonda los conocí hace poco más de seis meses cuando empecé a frecuentar el bar Las Tres Sirenas, un tugurio sifilítico ubicado en la avenida Nueva Granada, cuyos parpadeantes neones multicolores, en vez de adornar la noche, la volvían macabra.

Mi mujer, tras ganar la lotería de Florida, se había largado a los EEUU sin dejarme un miserable dólar, así que me volví adicto a las ninfas marítimas de la taberna, muy profesionales todas, enamoradas de su oficio y muy diligentes. Un mes de caricias prodigiosas me hicieron olvidar rápidamente a Nastascha, mas no pudieron apartar de mi memoria el brillo dorado del cartón rectangular donde ocho números pares decretaron la desdicha mía y la felicidad de ella, cifrada en un cuarto de millón de billetes verdes.

Poco a poco Las tres sirenas se fue convirtiendo en mi segundo hogar, seguido de mi habitación, que compartía con tres mandarines silenciosos en la avenida Fuerzas Armadas. En fin, el bar era de esos lugares, que aunque repulsivos a primera vista, terminan acogiéndolo a uno con cierta placidez enguantada. No era yo el único que estaba allí a mis anchas. Lucho *cara 'e piedra*, de quien se decía que era eunuco por su reticencia a estar con las chicas, también lo había hecho su segunda patria, al igual que *El pollo Andrade*, quien desde muy temprano en la mañana entraba por la puerta de atrás y en solitario iba calentando la mesa de billar a tal punto que cuando llegábamos los clientes nocturnos ya la fatiga en sus muñecas no le dejaba ejecutar las gloriosas maniobras que decía realizar cuando todos estábamos ausentes.

Pero uno de los más singulares *sireneicos* era Larry. Su forma de moverse por el bar, manosear los culos redondos de las chicas y pellizcar sus pezones con desparpajo daba a entender que era uno de los clientes más asiduos y más antiguos por lo que gozaba de ciertos privilegios proscritos al resto de los clientes normales. Larry era de esas personas que uno no quiere saber a qué se dedican, ni siquiera descubrirlo por error. Con su aire bonachón y altivo nos fatigaba con sus historias interminables, enrevesadas y contradictorias. En mi vida anterior seguramente le habría huido a una persona como él, pero ahora me daba igual que orbitáramos en el mismo espacio, pues yo me había convertido en una vaca insomne que se deja atacar por bandadas de moscas. Me daba lo mismo escucharlo; sin embargo no me atrevía a mirar mucho hacia el bulto que se insinuaba en su costado izquierdo a la altura de su cintura, como sobresaliendo del pantalón y apenas cubierto por sus coloridas chaquetas de fieltro.

En cuanto a Malone, recién tenía dos semanas de haber comenzado a frecuentar el local y aunque no conversaba mucho fue acogido en la redonda mesa de plástico donde nos empotrábamos a partir de los miércoles hasta los domingos a esperar que algún hecho fortuito le diera emoción a nuestras aburridas existencias. La verdad no eran muchos eventos de este tipo pero cuando ocurrían al menos nos daban para conversar por un mes entero. Por ejemplo cuando Esmeralda salió corriendo desnuda de la habitación porque un cliente resultó ser una doña disfrazada, o cuando Yadira y Yamilet protagonizaron una pelea de barro en bikini, pero en vez de tierra mojada se untaron con mierda. Recuerdo que ese olor pervivió por varias semanas en las paredes descascaradas del bar y que algunos, tras preguntarse si era parte de un show nuevo, esperaron ansiosos su repetición.

Como Malone cancelaba sus tragos sin demora, no hacía mucha bulla, demostraba destreza en el dominó y eventualmente brindaba una que otra birra lo dejábamos estar sin mayores problemas en nuestra mesa circular. Pero hay que acotar que había algo extraño en la forma que Larry miraba a Malone y en la forma en que Malone fingía ignorar que Larry lo miraba, y así mismo había cierta extrañeza en la forma en que el resto fingíamos no percatarnos de como Malone fingía no saber que Larry lo veía fingiendo que no lo hacía y en ese juego de fingimientos empotrados unos dentro de otros como las muñecas rusas podríamos pasarnos toda la noche cavilando; pero de esa y de cualquier otra abstracción filosófica nos sacaba el bamboleo de la enormidad mamaria de Celia cada vez que se aproximaba a la mesa con una bandeja llena de vasos almendrados por la coloración del ron.

Una vez en los urinarios Larry hizo un comentario refiriéndose a Malone: "Este tipo se trae algo raro. Va a joder a alguien aquí", dijo interrumpiendo mi micción que siempre se frena cuando otro orina al lado. Luego que me dejó solo frente a la obra de Duchamp, libre para llenarla a mis anchas, le pregunté el porqué de sus inferencias, y como respuesta se dedicó a referir una carrera de caballos de la víspera en las que sus corceles quedaron todos en el orden que vaticinó pero al revés: el primero que le jugó quedó de último, el segundo de penúltimo y así, explicó Larry. "Hubieses ganado un montón de plata si apostabas al revés", le dije. "Y quién dijo que no lo hice", se rió Larry al tiempo que me mostraba el contenido de un sobre repleto de billetes, verdes, no de dólares sino de 50 bolívares. "Claro, este tipo de negocios se pueden hacer si no hay gente vigilando o estorbándole a uno", dijo Larry de salida y después se fue tras las nalgas de Lucrecia, la empleada con más trayectoria del bar, quien siempre se jactaba de que en 29 años de servicio ininterrumpido no se había producido ni un disparo dentro del recinto.

Esa noche apenas tenía para pagarme un máximo de dos tragos y lamenté que no fuera quincena porque el ambiente rebosaba de festividad; así que no me quedó otra que chuparme mis propios hielos y luego los sobrantes de los demás para tener al menos un vaso con algo en su interior para menearlo. Cuando ya no había más tragos a los que robar agua solidificada, Larry se compadeció y me brindó una botella entera de ron blanco y eso que él no es amigo de compartir lo suyo con nadie. Tras ello se dedicó a sacarme la información de cómo es que mi esposa se ganó 250 mil dólares en Florida y se desapareció sin dejarme un maldito centavo y yo estoy allí tan tranquilo hundiéndome en la miseria y con un sueldo mediocre. Insinuó que la culpa era mía, no por dejarla ir, sino por no irla a buscar y traerla arrastrada por los cabellos y ponerla a trabajar 24 por 24 horas hasta devolverme el último centavo. Le aclaré que, aunque yo era quien jugaba con 15 años de fiel dedicación dominical a la lotería de Barinas sin nunca tener suerte, ella fue quien compró el boleto de la lotería de Florida con su dinero y por iniciativa propia. Larry, sin aceptar mi patética explicación, se dedicó a repetir: "24 por 24" al tiempo que volvía a llenar nuestros vasos. Luego, como quien arroja un hueso a un perro, me "recomendó" un par de números de lotería, pero le dije que no tenía con que jugarlos y entonces me financió la apuesta con un montón de billetes arrugados de todos los colores que sacó del bolsillo izquierdo de su pantalón; tuve la tentación de espiar bajo su chaqueta mientras hacía esto pero me contuve y miré hacia el techo.

A primera hora de la mañana realicé la apuesta con los datos que me dio Larry. La emoción de haber ganado me retuvo en casa y los mandarines se dedicaron a responder a mi muda alegría con sonrisas muy corteses.

A la noche siguiente les brindé ginebra a todos en el bar, menos a Malone que no se presentó. Alguien acotó su ausencia y Larry, muy solemne como si le ardieran las hemorroides, sólo dijo que esta cuadra ya tenía dueño y que mejor que Malone se quedara en su sitio de origen, lugar que era desconocido para todos así como su verdadero nombre; ya que el mote de Malone se lo pusimos nosotros en alusión a la ancha cicatriz que le cruzaba el pómulo derecho y a la expresión de asesino jubilado que ponía cada vez que el alcohol atravesaba su garganta. Y él aceptó ese apodo con naturalidad y hastío.

Como no había nada más interesante de que conversar (pues mantuve en secreto mi modesto triunfo en la lotería) empezamos a conjeturar quién sería Malone, por qué no había venido hoy, cuál sería su nombre verdadero y cuál la razón de su cicatriz.

A Larry pareció molestarle la historia y se retiró a otra mesa más bullanguera. Cuando mi grupo se disolvió y yo quedé solo en la mesa, dispuesto a gastarme al menos la mitad de mi ganancia en la lotería, Larry se acercó a mi mesa, no para cobrarme el préstamo monetario y cabalístico que me hizo sino para contarme una de sus historias.

En fin la historia que me contó Larry la noche que mataron a Malone fue algo breve comparada con las demás. Según Larry, la noche anterior, Malone estaba dándole duro al ron en un rincón ni tan sombrío de Las tres sirenas. Junto a tres desconocidos sin nombre armaron un dominó que se prolongó hasta las tres de la madrugada. Los boleros brotaban melancólicos de la desvencijada rocola. Nadie movía un pie, pero los ojos tristes de la mayoría bailaban a través de los recuerdos de algún despecho atragantado. De todos modos: ¿cómo iban a bailar si eran puros hombres? Todas las chicas estaban ocupadas en las habitaciones y abajo los clientes esperaban pacientemente su turno. La única mujer esa noche era también una clienta, y acompañaba a un viejo en la silla de ruedas desdibujado en la penumbra de un rincón. La mujer lo acariciaba con esmero pero con un dejo imperceptible de lástima. Las facciones eran borrosas, desde la mesa de Larry lo único que se distinguía eran las brazas de sus cigarrillos que oscilaban como péndulos fatigados. En algún momento la silla, empujada por la dama, rodó de modo ceremonial rumbo a la puerta de salida y se detuvieron frente a Malone. La mujer se inclinó como si le fuera a pedir un cigarrillo o fuego o algo así, pero no, lo que hizo fue marcarle en la mejilla a Malone un beso púrpura de labios gruesos y torcidos. Después fue que salieron. Los cuatro de la mesa se rieron contagiosamente hasta desbaratar el esqueleto de piedras blancas y bañarse un poco en ron. El que hacía pareja con Malone, un joven muy blanco, comenzó a reír en falsete, casi que temblando de nervios y no atinaba a encender su cigarrillo y alguien lo ayudó a sostener con firmeza el yesquero. Sin embargo un brillo en sus ojos daba la impresión de que había hecho un buen negocio con su vida y que merecía celebrarlo. El joven se puso de pie con mucha calma, escupió el cigarrillo al suelo. Miro al grupo con serenidad, más bien con resignación, aunque quizá sólo miró a Malone, y Malone respondió a su mirada como queriéndole decir algo que no sabía cómo decir. El joven se movió de tal manera que pensé que también le iba a dar un beso a Malone, pero lo que le estampó fue un corte de cuello con una navaja mínima pero muy brillante, y la sangre de Malone empezó a salir como desesperada. En el alboroto de socorrer a Malone el joven se esfumó como una sombra, sosteniéndose el pecho como si el corazón se le estuviese saliendo por la tetilla.

Le dije a Larry que la historia había sido bastante entretenida y sobre todo verosímil con excepción del pequeño detalle de que Malone venía entrando más vivo que nunca, por la puerta de Las tres sirenas. Larry sonrió con modestia o con desdén. Sus gestos son tan confusos como sus frases. Chocamos los vasos y cambiamos de tema.

Más tarde, en el baño, Larry me interrumpió de nuevo el flujo de mi espumosa orina etílica. Se peinó el bigote frente al espejo, se ajustó los pantalones, y me dijo que esta noche yo sería muy feliz. Me pareció extraño que orinara en la poceta y no en el urinario. Antes de irse se cercioró de que yo inspeccionara el cubículo donde había meado y tomara un sobre amarillo, grueso, firme, y lo guardara con esa seguridad que sólo transmite el dinero en efectivo. Me dijo que sus historias nunca eran falsas. Si quieres multiplicar esa suma juégale al caballo 8 en la tercera carrera de mañana, si no quieres déjalo así, igual es bastante plata. Se peinó el bigote con un peinecillo de finas cerdas y de nuevo se fue tras las nalgas de Celia. Horas después, cuando la madrugada se apretaba en el cielo degollé a Malone mientras jugábamos una partida de dominó y me perdí en la noche con el grueso sobre amarillo envuelto en mi chaqueta para protegerlo de la lluvia.

EL ARTE DE VESTIRSE BIEN

1. Un Señor mató a Otro porque lo confundió con un tigre feroz. En el expediente del archivo policial quedó registrado que, efectivamente, el asesinado parecía un tigre a causa de su abrigo rayado y sus pupilas dilatadas, aunque no se podía afirmar que del todo pareciera feroz. La fábrica de abrigos MinK II se comprometió a retirar del mercado todos los abrigos que se asemejen a tigres, pumas, jaguares y cebras para evitar nuevas muertes por aparentes confusiones.

2. Un Señor mató a Otro y quiso disculparse. Otro se negó a aceptar las disculpas, pero ante la insistencia desesperada de Señor aceptó finalmente leer una carta con sinceras excusas notariadas, que Señor acompañó de unos chocolates y un abrigo de piel de cocodrilo marca MinK II. Otro devolvió la carta y los chocolates intactos junto con un memorándum en donde le declaraba la guerra post mortem a Señor, pero se quedó con el abrigo de piel de cocodrilo que le iba muy bien con sus botas hechas del mismo animal.

3. Un Señor mató a Otro y a Otros 170.000 al dejar caer una bomba H en el centro de la ciudad. En homenaje a los caídos se hará un gran mausoleo de piel de oso panda donada por la fábrica de abrigos MinK II.

4. Un Señor mató a Otro con un sable y después limpió el sable con un pañuelo blanco de seda para quitarle la sangre y algunos pedacitos de vísceras adheridos al noble metal. Los detectives, trajeados con impecables abrigos MinK II, encontraron el sable tan limpio que no hubo forma de imputar a Señor por ningún delito, aunque sí le criticaron duramente su forma de vestir.

5. Un Señor mató a Otro porque disque era tan feo que merecía morir. Los estetas del tribunal consideraron ese juicio de valor como un atenuante. Así que no sólo minimizaron la pena de Señor a un día de trabajo social, sino que lo reclutaron para su secta secreta encargada de exterminar a aquellos poco agraciados que osasen vestir con alguna exquisita prenda de la colección de verano de la fábrica de abrigos MinK II.

6. Un Señor mató a Otro a paraguazo limpio cuando una lluvia cesó. Pero como la pausa de la tormenta fue breve y hubo que cubrirse de nuevo, Señor no tuvo tiempo de terminar de machucar los sesos de Otro, que pronto fueron arrastrados por la lluvia hacia una alcantarilla. La fábrica de abrigos MinK II ha prometido, para contribuir a la reducción de accidentes de esta índole, fortalecer la calidad de sus trajes impermeables para que, en un futuro no muy lejano, estos

lleguen a sustituir definitivamente a los peligrosos paraguas.

7. Un Señor mató a Otro por ignorancia. Su conciencia estuvo tranquila hasta que la fábrica de abrigos MinK II lanzó al mercado una variada colección de libros de bolsillo para así estimular las ventas de abrigos que traen bolsillos para libros de bolsillo. En esta colección figuraba un decálogo sagrado con curiosas ilustraciones. Cuando Señor se enteró de que matar era una acción proscrita por su religión se le ensució la conciencia a tal punto que tuvo que remojarla en cloro durante cinco días antes de volverla a usar.

8. Un Señor mató a Otro porque Otro le estaba haciendo muchas cosquillas. Le propinó quince tiros en el pecho aún con la hilaridad haciéndole temblar el pulso. La fábrica de abrigos MinK II anunció que sacarían al mercado chalecos anticosquillas; estiman que tendrán un éxito tan rotundo como el que tuvieron el año pasado sus extravagantes preservativos felpudos.

9. Un Señor mató a Otro sin sospechar que era su padre. Más tarde, en la cárcel, empezó a sospechar de ello hasta que, sin ninguna razón plausible, se lo creyó y se volvió loco de remate. Trasladado a un sanatorio mental pasó el resto de sus días repitiendo que había matado a su padre, sin mover un pelo del cuerpo pues estaba maniatado

con una camisa de fuerza cortesía de la famosa fábrica de abrigos Mink II.

10. Un Señor mató a Otro de un susto. Se disfrazó de banquero y le dijo a Otro que su cuenta en el banco había sido liquidada y que su apartamento y todos sus bienes serían expropiados mañana a las nueve de la mañana. Otro, quien era viejo y había sobrevivido con suerte a cuatro infartos y otra dictadura, no soportó el quinto y cayó muerto sobre su alfombra de piel de cerdo comprada en la famosa fábrica de abrigos, peluches y alfombras Mink II.

11. Un Señor mató a Otro cien veces y después se fueron juntos al bulevar de Sabana Grande a beber cerveza y a buscar mujeres. Otro se dio cuenta de que la cerveza que bebía se le salía por la centena de agujeros que Señor le había abierto con un punzón. Ni curándose con vendajes Mink II Otro pudo detener la hemorragia etílica. Señor, afligido y sin saber donde meter los ojos, le palmeó la espalda a Otro y le dijo bonachonamente: "yo pago esta ronda".

12. Un Señor mató a Otro y después se enamoró de su cadáver. Se acostó junto a él para darle calor con su abrigo de piel. La compañía Mink II inició una demanda por necrofilia.

13. Un Señor mató a una vaca lechera y se sintió tan triste y culpable que juró no volver a tomar

leche de vaca salvo, claro está, en su habitual café con leche de las mañanas.

SOBRE EL AUTOR

JM Soto (Caracas, 1981). Cursó estudios de Comunicación Social y Letras en la Universidad Central de Venezuela. Se ha desempeñado como profesor universitario, corrector y editor. Como narrador ha publicado el libro de cuentos *Perdidos en Frog* y las novelas *La máscara de cuero* y *Boeuf (Relato a la manera de Cambridge)*.

Entre otros, ha sido ganador de la 64° edición del Concurso Anual de Cuentos El Nacional; del primer premio del VII Concurso Nacional de Cuentos de la Sociedad de Autores y Compositores de Venezuela SACVEN y del XXIII Certamen Literario Juana Santacruz (México). Algunos de sus relatos han sido publicados en antologías como *Joven narrativa venezolana II*, *De qué va el cuento* (*Antología del relato venezolano 2000-2012*), y *Crude Words. Contemporary writing from Venezuela*. Desde 2014 reside en México.

Made in the USA
Middletown, DE
02 March 2021